『ダーティペア　独裁者の遺産』

あたしは低く身構えて、えいっとばかりに強くジャンプした。
あたしのナイスなボディが、トンネルの奥へと吸い込まれる。(54ページ参照)

ハヤカワ文庫JA
<JA655>

ダーティペア・シリーズ外伝

ダーティペア　独裁者の遺産

高千穂　遙

早　川　書　房

4691

THE LEGACY OF THE DICTATOR

by

Haruka Takachiho

Illustrated by Yoshikazu Yasuhiko

カバー／口絵

安彦良和

ダーティペア　独裁者の遺産

ＷＷＷＡは銀河連合に付属する公共事業機関である。正式名称は世界福祉事業協会。ＷＯＲＬＤＳ　ＷＥＬＦＡＲＥ　ＷＯＲＫ　ＡＳＳＯＣＩＡＴＩＯＮという。ＷＷＷＡは、その略称である。

二一一一年、ワープ機関を完成させて宇宙に飛びだした人類を待ち受けていたのは、さまざまな災厄《トラブル》であった。続発するトラブルは、植民地経営が安定し、惑星国家が地球連邦から独立してもなくなることはなかった。

銀河連合は、国家と国家の垣根を越えてこれらのトラブルの解決にあたるための専門機関を二一三五年に設立させた。

それがＷＷＷＡである。

ＷＷＷＡは、提訴によって動く。各国家の捜査機関が匙を投げた事件、あるいは、かれらが事件とすら意識していないトラブルをＷＷＷＡは扱う。

提訴がおこなわれると、銀河連合の中央コンピュータはトラブルの内容を吟味する。加盟国政府のコンピュータ・システムと直結されている中央コンピュータである。中央コンピュータはそのトラブルを徹底的にシミュレートし、当該トラブルが放置されているとどういう状況に至るのかを予測する。そして、その結果、このトラブルを解決しなければ人類の繁栄に重大な障害が生じると認めたときに、WWWAは専門の係官を派遣する。

トラブル・コンサルタント。略してトラコン。

係官は、そう呼ばれている。

1

　ドアが吹き飛んだ。反射的に、あたしは体をひるがえした。ホルスターからレイガンを抜き、それを正面に構えて床をななめ右に滑走する。ユリも横ざまにダッシュした。そのまま左側のデスクとデスクの隙間に、するりともぐりこんでいく。いつもは気が遠くなるほどとろい相棒だが、こういうときだけは、やけに動きが速い。

　不意打ちだった。とりあえず予告らしきものはあったが、まさか、こんなに余裕がないとは思わなかった。かりにも、軌道要塞の司令本部である。もう少しまともなセキュリティ・システムが組みこまれていると信じていた。

「どわうひゃほ！」

　意味不明の悲鳴をあげて、キンスキー少尉が、あたしの横にやってきた。錯綜するレーザーライフルのビームをかいくぐってというとかっこいいが、実際はそうではない。パニック状態に陥り、やみくもに逃げまわっていたら、コンソールパネルの蔭に移動して相手の様子を冷静にうかがっているあたしの姿が目に映った。それで、あわてて方向を変え、こっちに転がってきた。そういうことだ。ものすごーくハンサムな坊やなんだけど、ちょっちぶざま。二十五ポイント、減点する。

「まいったわ」あたしは独り言のようにつぶやいた。

「ここじゃ、兵隊の身許確認もしていないのね」

背後から、少尉の気配が伝わってきた。がたがたと震えている。恐怖で歯の根も合わないって感じ。たぶんまだ武器も取りだしていないのだろう。賭けてもいい。

「やつらは〝息子たち〟だ」かすれた声で、少尉が言った。

「身分を隠して、革命軍に潜入していたんだ。そうとしか考えられない」

「ったく、とんでもないとこにきちゃったわ」あたしは肩をすくめた。

「でっかいブラスターなんて、ただのお飾り。要塞ってのは、名前だけだったのね」

「同感！」

あたしの左手首から、声がきんきんと響いた。ブレスレットが通信機になっている。賛意を示したのはユリだ。あたしの相棒である。一応――。

あたしの名前はケイ。

ＷＷＷＡのトラブル・コンサルタントである。

ちょっと前、正確にいうと、銀河標準時間で三十四分五十秒前に、あたしとユリはここに到着した。

ここは、アムニールの衛星軌道だ。アムニールはおひつじ座宙域に属しているファルズフという恒星の第五惑星で、移民した人びとにより、惑星国家が建てられている。人口はおよそ百二十七万人。けっして大国ではない。が、歴史は古い。地球《テラ》にあったアムニール共和国が、国民まるごとこの惑星に移ってきたからだ。いわゆる国家移民というやつである。二十二世紀初頭のあの大混乱期に、こういった形での惑星移民をおこなった国家は少なくない。誰だって戦争や飢餓による滅亡よりも新天地へ移り、生き延びる道を選ぶ。そういう時代だったのだ。

あたしとユリの専用宇宙船〈ラブリーエンゼル〉は、アムニール政府の指示で、衛星軌道上にある軍事ステーションにドッキングすることになった。それが、いまあたしたちのいる軌道要塞〈ヌクテメロン〉である。

〈ヌクテメロン〉は、モジュール集合型の不定形ステーションだった。短い棒と球体とで組みあげられた分子模型なんかに、ちょっと外観が似ている。実際はあれほど整然とはしていなくて、輪郭はもっといびつだ。モジュールも、球体のものだけではなく、さまざまな形状に分かれている。

〈ラブリーエンゼル〉は、ポート・モジュールに繋留された。あたしたちふたりの専用宇宙船だから、〈ヌクテメロン〉と較べると、〈ラブリーエンゼル〉はものすごく小さい。ワープ機関を搭載した外洋宇宙船としては、もっとも小型の船である。でも、大気圏内巡航もできるし、二十センチクラスの中口径ブラスターも装備している。ミサイルだって発射可能だ。

連合宇宙軍の駆逐艦クラスとなら、ドッグ・ファイトをしても互角に渡り合える。これはもちろん、操縦を担当しているユリの腕前ではなく、船の性能が飛びぬけていいからである。絶対にそうだ。間違いない。断言する。

ドッキングを完了したあたしたちは、〈ヌクテメロン〉に移乗した。ポート・モジュールからかわいいシャトルに乗り換え、ステーションの中央区画にある司令本部へと飛んだ。〈ヌクテメロン〉の司令本部は、それ自体が十数基におよぶユニットの集合体だった。

ユニットはバレルと呼ばれ、卵型をしている。バレルのひとつひとつがフレキシブル・チューブで複雑につながり、それが丸い塊を形成して、〈ヌクテメロン〉の司令本部となっている。そういうややこしい構造だ。

バレルのひとつに、シャトルがへばりついた。エアロック同士がアダプターで結合し、扉がひらく。

「お待ちしておりました」

と、バレルの中であたしたちを出迎えたのが、アムニール革命軍のF・キンスキー少尉と、その部下たちだった。

キンスキー少尉と部下たちは、エアロックの向こう側からあらわれたあたしとユリを見て、そのまま凝固した。目を丸く見ひらき、敬礼の姿勢でまっすぐに立ちつくしている。

無理もない。

あたしたちは最新のコスチュームで身を装っていた。

金属繊維で仕立てあげられたノースリーブの短上着とボーイショーツだ。セパレートタイプなので、愛らしいおへそがまるだしになっている。ボトムは股上が浅くV字型に切れあがっていて、ため息がでちゃうほどにセクシー。編みあげブーツは膝までのロングタイプで、ヒールはちょっと控えめに七センチほど。これより高いと、宇宙空間では少し苦しい。腰にベルトを巻き、そこにホルスターを吊してある。中にぶちこんであるのは、あたしがレイガンで、ユリがヒートガンだ。

WWWAのトラコンがくるというので、緊張して待っていたら、あたしたちが出現した。見たとたんに、頭の中が真っ白になった。少尉たちの反応は、まさしくそれである。

「やだ。どうなさっちゃったの？」

あたしは少尉の前に進んだ。よく見ると、この少尉ってば、とってもすてき。整った顔だちに、ほどよく引き締まった肉体（みんな宇宙空間で着用するスペースジャケットと呼ばれる服を着ているので、からだの輪郭がはっきりとでてしまっているのだ）。二十二、三歳ってとこかしら。あたしより五つくらい年上ね。相性としてはぴったしだわ。年の差ってのは、この程度がちょうどいいのよ。

「眠っているんじゃない？」

あたしを押しのけて、ユリがでてきた。ええい、無礼者。この状況をなんと心得る。

と、文句を言うひまもなく。

ぺちぺちとユリが少尉の頰を平手で叩いた。

「！」

口もとがひきつり、少尉がはっと我に返った。

「だいじょーぶ？」

ユリが訊く。少尉の顔を覗きこみ、大きな黒い瞳でまばたきをする。こら、そこのか、ま、と、と女。ちょっと接近しすぎだぞ。

「はっ、はいっ！」

少尉が、二メートルほど後方に飛びすさった。額に汗が浮かび、そこに金髪の巻き毛がぺったりと張りついている。頬が赤い。うぶだわあ。よいわあ。

「はじめまして。あたし、ケイ。ＷＷＷＡの犯罪トラコンよ」

あたしはユリの脇をすりぬけた。赤毛のショートヘアに公称九十一、五十五、九十一のウルトラスーパーデラックス・プロポーション。身長は百七十一センチ。誰もが認める銀河一の美女が、こんなでしゃばり娘の後塵を拝していてはいけない。それは大宇宙の原則に反する。

「あ、いや、どうも……。わたしは〈ヌクテメロン〉司令本部所属の作戦将校、キンスキー少尉です」

どぎまぎしながら、少尉はあたしに向かって手を差しだした。当然、あたしはその手をとり、握手しようとした。

そのとき。

「よろしくぅ。あたし、犯罪トラコンのユリです」

白い腕があたしの腰のあたりから伸びてきて、少尉の手をがっしとつかんだ。同時に、あたしのからだが横にはじき飛ばされる。

「お会いできて、光栄ですわ。うふっ」

ユリが、はにかむように微笑んだ。ロングの黒髪がふわりとたなびき、黒曜石のまなざしが少尉をまっすぐに見つめている。肌がなめらかで白い。まるで上質の磁器みたいだ。身長は百六十八センチと少し小柄だが、スリーサイズは自称八十八、五十四、九十で、あたしとためを張っている。ま、ちょっとだけ貧弱なんだけど。

「こっ、こちらこそ」ようやく動揺を鎮めた少尉が、ユリにぎごちない笑みを返した。

「こんな魅力的な女性がトラコンだなんて。正直、びっくりしています」

ぼそぼそと言った。

まずい。

あたしは唇を噛んだ。このままではペースがユリのものになる。

「挨拶は、もうよろしいでしょ」強引にふたりの間に割りこんだ。

「それよりも、事件の詳細を先にうかがいます。急いでください」

事務的にたたみかけた。

「そ、そうですね」

あたしの勢いに押され、少尉はあたふたとうなずいた。オッケイ。とりあえず、これでふりだしに戻る。仕切り直しができる。

少尉に案内され、あたしたちは司令本部の中心に位置するコア・バレルへと移動した。移動の途中で少尉の部下がふたりずつ減っていく。要所要所で警護の任につくためだ。バレルは、どこも人影が極端に少ない。というよりも、皆無といっていい。この司令本部って、からっぽなんだろうか。〈ヌクテメロン〉は、軌道要塞というくらいで、防備なんてめちゃくちゃものものしいのに。

バレルの奥に、中央作戦制御室という部屋があった。あたしたちは、そこに通された。ずいぶん大仰な名称の部屋だが、内装はぜんぜんたいしたことがない。コンソールデスクがいくつかに、壁一面の巨大スクリーン。そしてキャビネットと椅子。調度はどれも実用一点張りで、見た目もけっこうつまらない。

「いま、地上を呼びだします」シートのひとつに腰をおろし、少尉が言った。

「革命評議会のG・オコロビッチ議長が、官邸におられます。事件の概要は議長みずからがおふたりに伝えることになっています」

コンソールに手を置き、キーボードを操作した。

スクリーンに映像が入った。

顔の半分が褐色のひげで覆われている、若い男のバストアップが画面いっぱいに広がった。

男が言う。

「われわれは〝皇帝の息子たち〟だ。銀河連合の犬どもに、大統領の遺産を渡すことはできない。きさまらには、この場で死んでもらう」

え、なんなの。これ？

あたしの目が丸くなった。

この人が革命評議会の議長なの？　なんで、こんなふざけたことをほざいているの？

あたしは少尉に尋ねようとした。

つぎの瞬間。

轟音とともに、中央作戦制御室のドアが吹き飛んだ。

2

束の間、レーザーライフルの光条が熄んだ。

あたしは、そおっとコンソールパネルの横から首を突きだした。

ぱぱぱぱぱっ。

閃光が疾った。

あらら、もう完全に部屋の中に入りこんじゃってるわ。

あたしは首をひっこめ、口もとにブレスレットを持っていった。小声で囁く。

「ユリ、聞こえる？」

「はいはい。耳が痛くなるくらい」

即座にユリが答えた。例によって、一言多い。

「とりあえず、こっちがおとりになるわ」あたしは言った。

「敵の人数、確認できるかしら？」

「ちょっと待って」

十秒ほど、間があいた。

「わあったわ」抑えた声が低く聞こえた。

「熱源は三体。もう部屋の中に進入していて、ドアの近くで横に散開している。外には誰もいないみたい。たぶん」

あ、そう。

たぶんね。

「で、どうするの？」

ユリが訊いた。

「フラッシュ・フィルターを使うわ。光っているうちに、あれを投げてくれる」

「セオリーどおりなのね」

「とーぜんでしょ」あたしの声が、ほんの少し高くなった。

「おとりになるのは、あたしよ。手堅くやらせてもらうわ」

「ケイらしくなーい」

「うっさい」

あたしは一喝した。

またレーザービームが飛んできた。パネルの端を灼いた。火花が盛大に散り、コンソールの天板から炎が噴きだした。

「ひっ」

少尉が頭をかかえて床にうずくまる。そのまま動きを止めた。都合がいい。こういう人には、しばらくじっとしていてもらいたい。

あたしは、レイガンを左手に移し、腰のホルスターに右手を伸ばした。

下部にある突起を軽くひねった。ホルスターの側面にある小さな蓋がひらいた。指を突っこみ、黒いフィルムを、そこから取りだした。

フラッシュ・フィルター。要するに、簡単なサングラスである。薄くて丸いのが、二枚重なっている。はがして、一枚ずつ自分の目の上に貼った。ちょっとおまぬな恰好だが、この際、外見になどかまってはいられない。ギャラリーは少尉ひとりしかいないし、そのひとりも、いまは床に突っ伏している。

フラッシュ・フィルターを貼ったことで、あたしは視界を失った。何も見えない。

もう一度ホルスターのポケットに指を入れた。

小さなカプセルをつまんだ。ふたつだけてのひらの中に握った。ホルスターの蓋を閉じた。

準備完了。おもてをあげる。

とたんに視界の一部が甦った。華々しい光条が闇の中をよぎる。レーザーライフルのビームだ。それだけがはっきりと見える。むろん、かけらもまぶしくない。

タイミングをはかった。大きく息を吸い、止めた。

一気に飛びだした。右の手を横に振った。カプセルを二個、床に転がす。

光った。

爆発するような白い閃光が空間を埋めた。すさまじい光量だ。フラッシュ・フィルターで瞳を覆っているのに、一瞬、あたりが昼間のようになる。

「うあっ！」

「ぐわっ！」

「げえっ！」

短い悲鳴が耳朶を打った。強烈な発光に、敵は目をやられた。間違いない。

コンソールとコンソールの間を、あたしはまっすぐに突っきった。

でたらめな角度で、ビームが乱れ飛ぶ。さすがは訓練された兵士だ。視界を奪われても、この隙を衝こうとする相手がいることを忘れていない。やみくもに撃ちまくり、敵の動きを牽制しようとする。

光条の一筋が、あたしの美しいふとももをかすめた。甲高い金属音を発して、ポリマーが蒸発した。ダメージはない。やけども負わない。金属繊維に包まれていない部分は肌が剝きだしになっているように見えるが、実は違う。皮膚は透明強化ポリマーで完全に覆われているのだ。高熱にさらされたポリマーは、蒸発してビームのエネルギーを奪い、あたしの艶やかなお肌をばっちりと護る。直撃で二秒くらいあぶられてしまったら、ちょっとまずいことになってしまうが、この程度の〝被弾〟だったら、どうってことはない。音がなければ、気がつくことすらなかっただろう。

狭い通路をはさんだ向こう側のコンソールパネルの下に、あたしは頭からダイブした。

飛びこむ直前に、ほんの少し首をひねった。右の目の端に、ユリの腕が映った。

絶妙のタイミング。デスクの蔭から伸ばされているユリの手の指先には、一枚のカードがはさみこまれている。黄金色に輝く、合金製のカードだ。名をブラッディカードという。

ブラッディカードは、見た目もカードそのものである。トランプくらいの大きさで、厚さはたったの〇・五ミリ。テグノイド鋼でつくられており、四辺が鋭利なエッジ状に仕上げられている。このエッジが手あたり次第になんでも切り裂く。宇宙船の外鈑に使われているKZ合金だって、二ミリ厚くらいならまるで意に介さない。あっという間にスクラップにしてしまう。これが人間相手だとしたら、どうなるか。それは五行前にあるカードの名称を見れば明らかだ。鮮血のシャワーを浴びたあとのような姿になってしまうのである。

ユリがブラッディカードを投げた。同時に、コントロールを開始した。ブラッディカードはイオン原理で宙を飛ぶ。二時間前後なら、楽勝だ。飛行高度や方向は手もとのコントローラーで操作する。

あたしはコンソールパネルの下に入った。目を覆っているフラッシュ・フィルターをむしりとり、体をめぐらして、顔を半分だけパネルカバーの外へとだした。

もう、白光は四散していた。カプセルを二個使ったので、たぶん三秒くらいは光が爆発していたはずだ。

武装した兵士が三人、重なり合うようにして床に倒れていた。三人ともライトスーツを着ており、手にレーザーライフルを握っている。ライトスーツはずたずただ。ほとんどすだれ状態。ヘルメットはかぶっていない。

「ああん、ひっどーい」

　ユリがのっそりと出現した。自分がやったことなのに、両手で拳を握り、それを口もとにあててたじろいでいる。首をめぐらし、横目であたしを見た。

　あたしは腕を軽く広げ、肩をすくめた。

「通路を調べてよ」あごをしゃくる。

「後続がいるかもしんないから」

「ええっ？　あたしがぁ？」

　ユリは唇をとがらせた。異議は聞かない。無視する。

　立ちあがり、あたしは右手に向かって移動した。コンソールパネルの裏側を覗きこんだ。カプセルを投げる前まで、あたしがいた場所だ。

　そこにキンスキー少尉がうずくまっていた。さっきと同じ姿だ。二本の腕で頭をかかえ、背中を丸めている。

「もう大丈夫よ」あたしは少尉に声をかけた。

「最悪の状況からは脱したわ。まだ完全に終わったわけじゃないけど」

「………」

　返事がない。

「さっさと起きる！」あたしは怒鳴った。

「でもって、バレルの隔壁をロックする！　すぐに！　早く！　大急ぎで！」

「か、隔壁?」

ようやく少尉は顔をあげ、こっちを振り仰いだ。

「そう。隔壁。ここにくるときに、あんた全部閉めたでしょ」あたしは言を継いだ。「それをシステムでがっちりとロックするの。向こう側からあけられないように。でないと、援軍がきちゃう。今度、あいつらが押し寄せてきたら、もう勝てないわ」

「はあ……」

少尉はうつろな目で、ぱちぱちとまばたきをした。レイガンを手に、大声でわめき散らしているあたしが何ものなのかも、はっきりと認識していない。

だめだ、こりゃ。

あたしは首を横に振った。こいつは、まるで役に立たない。ショックで思考能力を根こそぎ失っている。

しょうがない。

あたしは決断した。こういうときは、何もかも自分でやる。他人は頼らない。

あたしはレイガンの銃口を少尉に向けた。

ちょこんと指先でトリガーボタンを弾いた。

ビームがほとばしる。糸よりも細い光条が、少尉の左頬を瞬間的に擦過する。

「ぎゃあっ!」

少尉の悲鳴が空気を震わせた。

「教えてちょうだい」レイガンの狙いを少尉の額に合わせ、あたしは言った。

「あんたのパスワード」

3

キンスキー少尉が、ようやく我に返った。

あたしは少尉のＩＤカードを召しあげ、パスワードを聞きだした。少尉は顔面をがちがちにこわばらせて、床にすわりこんでいる。作戦将校ってことは、つまり机上での戦争しか知らなかったってことね。最近の軍隊はコンピュータ・オペレーティングさえうまければ、すぐに昇進できてしまうらしい。そうすると、こういうとんでもない少尉さんが生まれてしまう。

レーザービームの被害を免れたコンソールパネルを見つけ、あたしはそこのシートに腰をおろした。

少尉のＩＤとパスワードでシステムに入りこむ。作戦将校だから、けっこうセキュリティ・レベルが高い。あたしがやろうと思っていた操作のほとんどが、制限なしでできる。

「なにしてるの？」

ユリがきた。あたしの右横に立った。

「とりあえず、隔壁を軒なみロックしているわ。そっちはどう？」

「このバレルの中にいる生存者は、あたしたちだけみたい。六人の遺体を確認したわ。あの三人に襲われたのね」

ユリは背後をしぐさで示した。三人というのは、この部屋に侵入してきた兵士たちだ。警護兵、転じてとつぜん敵となる。これでは、人数が倍でもひとたまりもない。

あたしはスクリーンを見ながら、キーをぽんぽんぽんと軽やかに叩いた。このバレルに連結されているチューブは、全部で四本だった。そのすべての隔壁が、きちんと閉じられている。それをあらためてあたしが内部からロックした。これでもう隔壁をブラスターかなんかでぶち破らない限り、誰もほかのバレルからコア・バレルには入りこめない。

「ねえ」ユリが言った。

「ほかのバレルがどうなっているのか、わからない?」

「無理だと思うわ」キーを打つ手を止めず、あたしは答えた。

「外部への通信回線を真っ先に切断するのは、こういうときのセオリーよ」

と、言いつつも、あたしはシステムを適当にいじった。すると、どうだろう。モニター制御の操作画面がでてきたではないか。あたしは反射的に接続をオンにした。

「おや、びっくり」

あたしの目が丸くなる。

「あららら」

ユリも口をぽかんとあけた。スクリーンを凝視する。

画面が細かく分割されて、マルチ表示になった。その画面ひとつずつに、違った映像が入っている。

そこに映しだされているのは。

まごうことなき司令本部モジュールの内部、そのものである。一部に見覚えのある場所もまじっている。あれは、あたしたちがシャトルからでるときにくぐったエアロックの扉だ。

ということは。

これは、ほかのバレルのリアルタイム映像。

「無事だったのね。通信回線」

つぶやくように、ユリが言った。

「どういうことかしら」

あたしは十数面に切られたスクリーンの映像を、一面ずつ眺めていった。

そのうちのひとつに。

男の顔が出現した。

おお、あたし、こいつを知っている。

さっき革命評議会議長との交信に割りこんできた謎のひげ男だ。鼻から下を隈なく覆っている褐色の剛毛と、細くて陰険な目つきがそれを証明する。間違いない。たしか、自分のことを〝皇帝の息子たち〟って呼んでいた。

あたしは、男の映っている画面を拡大した。スクリーンの三分の一くらいが、その男の顔になった。

「さすがはWWWAのトラコンだな」

男が言った。こいつってば、あたしたちが通信回線を使ってバレルのモニターをはじめたことを察している。

「しかし、抵抗できるのも、ここまでだ」低い声で、男はつづけた。

「通信システムが生きているのは司令本部モジュールの内部だけ。外にはいっさいつながっていない。完全に隔絶されている。したがって、救援は期待できない。見てのとおり、モジュールはすべてわれわれが占拠した。隔壁をロックしたようだが、無駄なあがきだ。諦めて降伏しろ。さもなくば、コア・バレルを集中攻撃する。われわれにはそれを可能にするだけの武器がある」

あたしは、もう一回、細かいほうの画面に視線を移した。

なるほど。

どのバレルのどの部屋にも、床に屍体が転がっている。しかも、その横や脇には、レーザーライフルを手にしたライトスーツ姿の兵士が、必ず何人か立っている。どうやら本当に司令本部モジュールは〝皇帝の息子たち〟とかいう連中に占拠されてしまったらしい。ほかのモジュールは無事みたいだが、それははっきりいって無意味だ。司令本部モジュールこそが〈ヌクテメロン〉の中枢なのである。ここを押さえられたら、軌道要塞すべてが占領されたも同然になる。

「二分だけ、待とう」男が言った。「それまでに呼びだしがなければ、われわれはコア・バレルを消滅させる」

スクリーンがブラックアウトした。通信画面の映像がいっせいに消えた。システムの表示画面だけが、大きなスクリーンの隅っこにちょっとだけ残っている。

「二分って、はんぱね」

ユリが言った。

「向こうもあせってるってことよ」あたしはシステム画面をスクリーンいっぱいに広げた。「革命評議会議長の交信を横取りしちゃったんだから、ここで異常事態が発生したことは、もう地上に知られている。それは、当然〈ヌクテメロン〉のほかの部署にも伝わっている。重火器でぎんぎんに武装しているモジュールよ。悠長にやってなんかいられない。それで、奇襲をかけたんだけど、あたしたちに阻止されてしまった。二分ってのは、時間をくれたほうじゃないかしら。あたしなら、警告抜きでさっさと片づけちゃう」

「要するに、コア・バレルを攻撃したくないのね。やれば、手間どるから、へたすると脱出しそこなっちゃう。二分ほど猶予を与えて、素直に降伏してくれれば都合がいい。そういう算段かしら」

「そうは、いかのなんとかよ」あたしはキーを叩きまくった。

「あたしたちを侮ったらどーなるか。きちんと思い知らせてあげるわ」

「あのう」

誰かがあたしの背後に立った。

誰かと思えば、キンスキー少尉である。ああ、こんな坊やもそのへんにいたっけ。もうすっかり忘れていたわ。どうやら、すっかり落ち着いたみたい。

「何をするんです？　降伏するんじゃないんですか？」

キンスキーは口をひらいた。とんでもないせりふを吐く。

「ばか言わないで」スクリーンを見つめたまま、あたしは答えた。

「降伏したって、命はないのよ。こうなったら、殺るか殺られるか。選択肢は、そのふたつしかないわ」

「でも、この状況では――」

「いーかげんにしてよね」

ユリがホルスターのヒートガンを抜いた。その銃口を少尉の鼻先に突きつけた。トリガーボタンに指を置く。

「こっちは時間がないの。邪魔するんだったら、あたしがあなたの頭を吹き飛ばす。ケイのレイガンと違って、これはちょっと剣呑《けんのん》よ。ほっぺにやけどだけじゃすまないわ」

「！」

声を失い、少尉は硬直した。

「おもしろい構造ね。この軌道要塞」あたしは言った。

「外部に対しては、ものすごく攻撃的。防御も完璧で、艦隊に包囲されても堂々と渡り合える難攻不落の砦って感じ。だけど、内部で叛乱が起きたら、あっさりと陥ちる。いまがその状態でしょ。ある意味では脆弱もいいとこなのね」

「アムニールそのものだわ」ユリがうなずいた。

「内側から攻められるってこと、ぜんぜん想定していない。先代の大統領の性格がもろに反映されているのね」

うまいことを言う。とてもユリの言とは思えない。きっとどこかの賢人の霊がユリに憑依《ひょうい》し、その口を借りてしゃべっているのだろう。ありがたいことである。思わず合掌して、ユリを拝みそうになってしまった。

「少尉！」

冗談はさておいて、あたしはキンスキーに声をかけた。

「あんたのランクで、〈ヌクテメロン〉のコントロールっていじれるの？」

「は？」

「〈ヌクテメロン〉のコントロールよ。ドッキングの解除とか、モジュールの移動とか」

「なっ、何を考えているんです？」

少尉の顔色が変わった。血の気を失って白くなっていたのだが、それがさらに暗い青みを帯びた。

「なんだって、いいじゃない」あたしは薄く微笑み、言葉をつづけた。

「早く答えてよ。タイムオーバーになる前に」

かちりという音が、小さく響いた。

ユリの指が、トリガーボタンを半分ほど押しこんだ音だった。

4

今回のあたしたちの任務は、異例といっていい内容だった。

ＷＷＷＡの本部でスタンバっていたあたしたちを、ソラナカ部長が呼びだした。

「詳細はこれに記録されているが、概要だけを簡単に伝えておく」と前置きし、部長はあたしたちにデータ・ディスクを手渡した。心なしか、表情が硬い。眉間に深い縦じわが寄っている。

「おひつじ座宙域に、アムニールという惑星国家がある」おもむろに口をひらき、低い声で部長は言った。

「いまからちょうど二十年前、二一二〇年に独立し、共和国となった。移民が開始されてから、わずか九年目のことだ」

「あたし、まだ生まれてない」

ユリが言った。じろりと部長がユリを見た。いつもより、目つきが怖い。

「独立国として認証されるのが早かったのは、アムニールが地球連邦の集団移民政策に則った国家丸ごとの植民星だったからだ」

デスクに肘を置き、淡々と言葉をつづける部長の背後に、大型のスクリーンがあった。その画面に惑星の映像が入った。どうやら、それがアムニールという惑星らしい。典型的な地球型だ。ひと目見ただけで、素性のいいことがわかる。さだめし惑星改造《テラフォーミング》も楽だったことだろう。

「二一一一年の第一期太陽系外移民プロジェクトに対し、L5の小国だったアムニール共和国は率先して国家解体をおこない、五百万人におよぶ集団移民を申しでて、この惑星を獲得した。決断したのは前大統領のS・アリエフだ。二一〇九年に大統領に就任したアリエフは、われわれが生き残る道は他恒星系への植民しかないと国民に訴え、かれらを動かした」

「なんか、切れ者の政治家って感じね」

あたしは言った。生まれる前のことだから、実際には体験していないが、当時の地球は本当にたいへんな状態だったらしい。

地球は、その総人口が百億人を超えた二〇五〇年ころから大混乱の時代に突入していた。超大国同士が最終兵器を繰りだして戦う大戦争こそなんとか回避できたものの、民族紛争、局地戦争は無数に発生した。これは当然のことである。このころの人類は、小さな箱に押しこめられたネズミの集団と同じだった。住む場所も、食糧もなくなっていたのだ。それらを入手するためには、まず近隣の人びとを抹殺する必要があった。人口が減れば、場所もあく。食糧にも余裕が生まれる。

極限状況である。

分裂し、群雄割拠するようになった国家のうちのいくつかが地球連邦という統合国家組織をつくって、事態の打破を狙った。地球に空間がないのなら、宇宙に場を求める。そのためには、大同団結をはからなければならない。ただ、いがみ合っているだけでは、いずれ人類は滅亡する。技術と叡智を結集し、新天地をみずからの手で築く。危機感の重圧と人類の理想が、かろうじて憎悪とイデオロギーを制した。

地球と月との間にあるラグランジュ・ポイントに、つぎつぎとスペースコロニーが建設された。巨大な円筒形状の人工植民島である。地球連邦が主導し、傘下の自治体が順次、国民をそのスペースコロニーへと送りだしていった。一基の植民島に五百万から一千万人の人間が居住し、最盛期には六億人もの人たちが地球を離れ、スペースコロニーに移ってあらたな国を建てたという。アムニール共和国も、そのときラグランジュ・ポイント5、通称L5エリアで生まれた新興国家のひとつだ。

この一種、荒療治ともいえる方策で地球は一息ついた。しかし、まだ危難は去っていなかった。人工植民島では、やはり限りがある。人類は、どうしてももっともっとずうっと大きな居住空間を持たなくてはならなかった。

それを可能にしたのが、ワープ機関の完成だった。二十一世紀の末に理論が確立されたワープ航法は、二十二世紀に入ってすぐ、可動するワープ機関となって宇宙船に搭載ができるようになった。夢でしかなかった恒星間航行が現実のものとなったのだ。

すぐに新しい移民計画が立案された。ワープ機関のテストを兼ねて銀河系全域に送りだされた外宇宙探検隊が、訪れた恒星系でつぎつぎと地球型の惑星を発見したことが、その計画に拍車をかけた。見つかったのだ。人工植民島のようなまがい物ではない文字どおりの新天地が。地球型惑星ならば、さほどの手を加えずとも人類の生存環境を確保できる。ワープ機関による太陽系外への集団移民。これこそが人類延命のための本物の切札だった。

「アリエフは、その裡に黒い野望を秘めていた」部長は言う。

「自分の惑星を持ち、その皇帝となる。——だが、おひつじ座宙域に属する恒星、NSK1801（後のファルズフ）の第五惑星に五百万人もの人びとが移住し、二一二〇年に新生アムニール共和国が再建国されるまで、誰もその恐ろしい野望に気がつくことはなかった」

「あらら」

あたしとユリは、互いに顔を見合わせた。

「地球連邦から独立した植民地は、銀河連合に加入してはじめて国家として認められる。アリエフは連合加入と同時に、その正体をあらわにした。まず、新憲法を制定し、みずからを永世大統領に任じた。それは、共和制とは名ばかりの絶対君主制を保証する憲法だった。国家の全権力をひとつ残らず掌握した大統領は、何をしても罷免されず、どう振舞おうが、とがめられることもない独裁者だ。国民はただの奴隷と成り下がる」

「惑星を独り占めしちゃったのね、その人」

つぶやくように、ユリが言った。

「アリエフの企図を銀河連合が悟ったときには、もう手遅れだった。独立国の内政に連合は干渉できない。憲章ではっきりと定められている」

「やれやれ」

あたしは肩をすくめた。

「非情皇帝。それがアリエフにつけられた綽名だ。徹底した恐怖政治が、アリエフの地位を安泰にし、その座を不動のものにした」

「でも、やっぱり不動なんかじゃなかったんでしょ」

ついでに、口をはさんだ。

「そうだ」部長はうなずいた。

「二十年近くにわたってアムニール国民を苦しめてきた圧政は、半年前に終焉を迎えた。革命が起きたのだ。アリエフの誕生日祝賀パレードの見物に集まっていた群集が、とつぜんパレードの列を襲い、武器を手にして大統領府へと押し寄せた。アリエフにとって予想外だったのは、かれを守る立場にあった軍隊が叛旗をひるがえしたことだった。軍もうんざりしていたのだ。暴君アリエフの陰惨な所行に」

「あたし、その様子をニュースで見た。すごかったわ、首都が火の海になっちゃって」

ユリが言った。

「あっという間だった。アリエフの絶対君主体制が崩壊したのは。民衆の蜂起から十一時間後に、シャトルで惑星外に脱出しようとしていたアリエフとその妻は軍に逮捕され、即刻、処刑された。一応、軍事裁判らしきものがひらかれたが、それは名目だけ。五分で死刑が確定し、非情皇帝ご夫妻はブラスターで全身を灼かれた。あとには骨のかけらも残っていない」

「………」

「しかし、問題はそれからだった。革命評議会が結成され、仮政府が樹立された。軍の再編成もおこなわれたし、行政機構もひとまず整った。が、大統領一派が、まだ存在していた。なんといっても非情皇帝と呼ばれた男だ。ぬかりはない。正規軍のほかに私兵ともいうべき、直属の親衛隊を密かに有していたのだ。アリエフへの忠誠心を幼児のころから意識の深部に刻みこまれた〝皇帝の息子たち〟。かれらが、反革命軍事行動を開始した」

「主君の仇討ちってやつかしら」

「往生際が悪いわね」

「アムニールでは、いまに至っても、凶悪なテロが頻発している」あたしたちのやりとりを無視して、部長は言を継いだ。

「なかでも、もっとも深刻な状況にあるのが、黄金宮の占拠事件だ」

「黄金宮?」

「なにかしら?」

「アリエフの別荘だ。ただし、地上の建造物ではない。惑星アムニールのラグランジュ・ポイントにあるスペースコロニーの内部に築かれている」

「スペースコロニーって、あの人工植民島の?」

ユリが訊いた。

「五百万人が搭乗可能な宇宙船をあらたにつくる力など、当時の地球連邦にはなかった。そこで、技術者たちは考えた。スペースコロニーを改造して外用宇宙船にしてしまえと。そうすれば、大量移民も簡単だ」

「勇気あるぅ」

ユリの目が丸くなった。たしかに大胆な発想だ。ひとつ間違えば、スペースコロニーが微塵に砕け、五百万人が一瞬にして命を失ってしまう。いくら追いつめられていたとはいえ、よく本当に実行できたものである。あきれるほかはない。

「無事にアムニールに到着し、地上に人びとが降り立った時点で、スペースコロニー本体は、その役目を終えた。そこで、アリエフは、それを自分のものとし、その中に壮麗な別荘をつくりあげたのだ」

「それが黄金宮なのね」

あたしは言った。

「おまえたちの任務は、そのスペースコロニーに潜入し、黄金宮を占拠している〝皇帝の息子たち〟をすみやかに排除することにある」

「部長！」

甲高い声をあげ、あたしは前に身を乗りだした。

「それって、もろに内政干渉じゃないかしら。明らかに憲章に反しています」

「わたしも同感だ」部長は小さくあごを引いた。

「これはWWWAが扱う事件ではない。しかし、提訴を受けた中央コンピュータは、この件をトラブルと認め、トラコンの派遣を了承した。いや、了承しただけではない。それどころか、トラコンになってまだ一年という新米のチームを担当者として指名した」

「あたしたち？」

あたしとユリは人差指で自分の顔を指し示した。

「そうだ！」部長の声が荒くなった。

「わたしは、頭が痛い。心臓が痙攣する。膝が震え、意識がすうっと薄くなる」

なにも、そこまで言わなくてもいいじゃない。

「すぐに行け！」部長は平手でばしっとデスクを叩いた。

「行って、きちんと仕事を片づけてこい。何も壊すな。被害者をだすな。民間人を巻きこむな！　ひたすら平穏に事にあたれ！」

「はーい」

あたしは右手を挙げた。

「わかりましたぁ」

ユリもうなずいた。

それが、いまから六十三時間ほど前のことだった。

5

シミュレーションが終わった。

一瞬のうちに、短い映像がスクリーンに流れた。

それをすかさずプログラムに変えて、あたしはシステムに組みこんだ。

作戦将校のランクが高いのが幸いした。でも、あたしが責任者だったら、ここまでできるようにはしておかないぞ。

眼前にヒートガンを突きつけられたキンスキー少尉は、もうひとつのパスワードをあたしに教えた。

それが、作戦に応じたシステムの反応を、プログラムとしてメインコンピュータに書きこむためのパスワードだった。このパスワードで送りこまれたプログラムは、同格かそれ以上のランクの者でないと、解除できない。たとえ、それが演習を前提にしたシミュレーション・プログラムであっても。

「おもしろいじゃない」スクリーンを見ながら、ユリが言った。

「どうせだから、思いきりやっちゃったほうがいいわよね」

「むちゃだ！」

いきなり、うわずった声が割りこんできた。もちろん、少尉である。どうやら、スクリーンを眺めていて、あたしが何をしようとしているのかを理解したらしい。

「こんなこと、誰も考えない。自殺行為だ。どうかしている」

「なんてことないでしょ」軽い口調で、あたしは応えた。

「できるようになっているから、それをやっているだけ。できないことを強引にやろうとしているわけじゃないわ」

「しかし！」

「あれを見たはずよ」ユリがヒートガンを振り、部屋の入口のほうを示した。

「武装した兵士が踏みこんできたときから、戦争がはじまっているの。全滅したくなければ、戦うしかない。どんな手段を使ってもね」

「オッケイ！」

あたしは最後のキーを打った。これで、準備はすべて完了した。残り時間二十一秒。完璧である。

「ユリ」あたしはうしろを振り返った。

「〈ラブリーエンゼル〉のほう、お願い」

「まかしといて」

ユリは右手のブレスレットに、左手の指を添えた。そのとなりでは、少尉が顔面蒼白のまま、口もとをひくひくとひきつらせている。

時間がきた。

二分が過ぎるのと同時に、スクリーンの一角に映像が戻った。けっこう律儀なやつである。よくいるのよね、デートなんかで少しでも遅れたりすると、やけにうるさく文句を言う坊や。男の子ってのは、女の子を待つのが仕事よ。五分や十分や二時間や六時間くらいで、がたがた吠えるんじゃない。

「タイムリミットだ」

ひげ面の〝息子〟、略して、ひげ息子が口をひらいた。

「あっ、そう」

あたしはコンソールに肘をつき、手の甲であごを支えた。

「答を聞こう。降伏するか？」

「回答はね」あたしはにっこりと微笑んだ。

「これよ」

左手をちょっとだけ横に振った。

ユリが指先でブレスレットを軽く弾いた。

「エルちゃん、お願い」

やさしく、声をかける。

つぎの瞬間。

〈ラブリーエンゼル〉が動いた。スクリーン左隅の窓だ。そこに、あたしたちのお船がひっそりと映っている。さっき呼びだしておいた映像だった。これは通信ネットワークを通していない。あたしたちのいるコア・バレルのカメラが直接捉えた〈ラブリーエンゼル〉の姿である。

〈ラブリーエンゼル〉の船首が、〈ヌクテメロン〉の中央へと向かった。ポート・モジュールとつながっていた接続チューブが、大きくたわみ、ちぎれた。

「なに?」

質量の異常な変動に、ひげ息子が気づいた。はっとなって、視線を脇にそらした。

スクリーンが光った。真っ白に輝いた。

発射したのだ。〈ラブリーエンゼル〉が船首のブラスターを。

火球が〈ヌクテメロン〉を貫いた。

誰ひとり、こんなことが起きるとは思っていなかっただろう。あたしだって、自分がやったのでなければ、こういうことを思いつく馬鹿がいるとは想像できない。へたをすると、自爆である。ブラスターのエネルギー拡散はけっこうアバウトだ。レーザービームのような命中精度は持ち合わせていない。

火球が、バレルをひとつ、ガスに変えた。無人の動力ユニットである。ちゃんとたしかめて、目標に選んだのだ。当たるかどうかは、ちょっと不安だったけど。

オレンジ色の炎が軌道要塞の一部を蹴散らして、虚空の彼方へと消えた。

警報が鳴った。すさまじい轟音だ。断末魔の悲鳴のように、けたたましくスピーカーから飛びだした。

同時に、〈ヌクテメロン〉の様相が一変した。モジュールのそこかしこに備えつけられている非常灯が明滅をはじめた。まるで、ギャンブルシティの夜景のようである。

また〈ラブリーエンゼル〉がブラスターを撃った。今度は、防御シールド発生モジュールのひとつをまるごと呑みこんだ。もちろん、このモジュールも無人だ。兵士や作業員の姿はない。たぶん。

「なっ、何をした?」

ひげ息子がスクリーンの中で叫んだ。画面がひどくぶれている。どうやら、バレルが動きはじめたらしい。

「はあい、もっといっぱい撃ちまくってもいいわよ。がんがんやってちょうだい」

ユリがブレスレットに囁いている。いや、それはまずいよ、ユリ。ものには限度ってものがある。そんなにブラスターを発射されても、迷惑なだけでしょ。

〈ヌクテメロン〉が防御モードに入った。こうしたとき、どう反応するか。それは、インストールされているプログラムによって決まる。今回の防衛手順は、あたしがプログラムした。

敵戦闘艦が〈ヌクテメロン〉の内部に侵入し、奇襲をかけてきたのである。この場合、〈ヌクテメロン〉は各モジュール及び司令本部のバレルを守るため、まずその結合を解除する。それがいちばんいい。あたしのプログラムはそうするように組みあげられている。

これは、はっきりいって合理的な作戦だ。外からの攻撃に対しては鉄壁の防衛網を備えている〈ヌクテメロン〉だが、内部から攻められると、意外に弱い。簡単に中枢部を破壊されてしまう。内側を目標にして迎撃システムを作動させることができないからだ。そんなことをしたら、自分で自分を破壊してしまうことになる。

もっとも、そういうことは、ほとんど起きない。だけど、絶対にありえないとは言いきれない。現に〝皇帝の息子たち〟が司令本部を占拠した。かれらが繫留されている戦闘艦に乗りこみ、ブラスターを発射したらどうなるか。

あたしがシミュレートした状況がそれだ。この非常事態に対して、〈ヌクテメロン〉は各モジュール間の結合を解き、目標を分散させて被害の拡大を抑える。と、同時に敵戦闘艦への反撃を可能にする。

対応策は、これしかない。

あたしは最後の〝敵への反撃〟というところだけを省いて、そのシミュレーションをプログラムに変えた（だって、敵っていうのは、あたしたちの〈ラブリーエンゼル〉なんだもん）。そして、それを〈ヌクテメロン〉のシステムに流しこんだ。

それをいま、〈ヌクテメロン〉は忠実に実行している。

爆発ボルトがつぎつぎと吹き飛び、モジュールの連結を一瞬にして断ち切った。

軸継ぎ手やパイプ、カプラーといった接続パーツのすべてがモジュールから外れ、四方に舞い散っていく。むろん、バレルとバレルをつないでいる連絡チューブも例外ではない。あたしのプログラムでは、〈ヌクテメロン〉を構成しているユニットが、ひとつ残らずばらばらになる。

どおんという衝撃が、あたしの足もとに伝わってきた。

バレルが大きく揺れた。

部屋全体がゆっくりと回転した。

軽いGを感じる。爆発ボルトの作動により、ベクトルが生じた。どうやらあたしたちのいるバレルも拘束から解き放たれ、宇宙空間を自由に漂いはじめたらしい。

スクリーンが全部、いったんブラックアウトした。ひげ息子の蒼ざめた顔が、あたしの眼前から失せた。

が、それは数秒のことだった。あたしがキーを叩くと、すぐに映像が復活した。

漆黒の闇が映る。宇宙だ。画面の端が少し明るい。鮮やかなブルー。光り輝いている。これは惑星表面の一部だ。

入力が切り換わった。表示されているのは、バレルの外側に据えつけられた、さっきまで〈ラブリーエンゼル〉を映していたカメラの映像である。いま現在の周囲の様子が映しだされている。

闇の中に、モジュールやら、バレルやら、部品やらが、乱雑に浮かんでいた。操船要員のいないシャトルや戦闘艦も、まじっている。切り離されたとき、モジュールにぶつかってしまったのだろうか。艦橋がつぶれている船もいる。でも、これはあたしの目の錯覚か、気のせいだ。見なかったことにする。

「もう、いいでしょう！」少尉が叫んだ。

「やめてください」

遅いよ。

あたしは両手を左右に広げた。

防御プログラムは、その役目を終えた。

〈ヌクテメロン〉は完全に解体された。かけらも原形を留めていない、ただのスクラップとなった。

6

「ああああああ」

　またもや少尉が言葉を失った。

　ようやく現状を正確に認識したらしい。それにしても、口をあけたままにするのが好きな少尉である。顔はいいんだけどなあ。体格もまあまあなんだけどなあ。

「大丈夫よ」ユリが言った。

「もとのデータが残っているんだから、それを参考にして、また組み立て直せばいいわ。そりゃあ、ちょっとたいへんかもしれないけど、ジグソーパズルと思えば、なんてことないでしょ。きっと楽しく作業できるわ」

　違うね。

　あたしは黙って首を横に振った。

　モジュールは初速を与えられている。方向は任意だ。つまり、どこに行っちゃったか、知るすべはない。これを回収するのは、はっきりきっぱり大仕事である。ましてや、組み立て直すとなると、考えただけで気が遠くなる。絶対に、とんでもない話。あたしだったら、最初から新しいのを建造させちゃう。そのほうがずうっと安あがりで、早いんだもん。

ぴぴぴぴぴ。

甲高い電子音が、小さく鳴った。

ユリの手首だ。ブレスレットが信号を受信した。

「きたきた」

ユリがあたしの肩ごしに腕を伸ばしてきた。

コンソールパネルのスイッチを触った。

画面がスクロールする。カメラの角度がゆっくりと変わる。

スクリーンいっぱいに、華やかな色彩が広がった。なにやらマークや識別記号のようなものもいくつか映っている。

そう。

これは宇宙船の船体だ。

〈ラブリーエンゼル〉である。

「距離、五十ってとこね」ユリが言った。

「すぐにドッキングできるわ」

「こっちの準備もオッケイよ」あたしはうなずいた。

「システムはエアロックをちゃんと認識しているし、姿勢制御ノズルもばっちし生きている」

「息子さんたちは?」

「こんな感じ」

あたしは〈ラブリーエンゼル〉の画面の横に、もうひとつ窓をひらいた。

真っ黒なスクリーンだ。その中で、オレンジ色の光点が一ダースほど光を放っている。

光点は、モジュールとバレルの位置を示している。さっきネットワークがひらいたときにマーキングしておいた、息子たちに占拠されているユニットの座標だ。〈ヌクテメロン〉の結合が解除され、ちりぢりばらばらになってしまっても、この情報は確保されている。べつに恰好をつけて、キーボードを叩きまくっていたわけではない。やるべきことはちゃんとやっていたのである。

バレルが十個に、モジュールが三個。モジュールはレーザーキャノンを備えた、砲台兼用の施設である。これは、たまたま、そこに配備された兵士の中に息子たちがいたってことだろう。バレルのほうは、もちろん武装など何もない。いまとなっては、孤立無援のいびつな球体だ。予備動力の容量から考えて、生命維持装置が働いているのも、あと三十時間ほどである。その後は、ただの合金製の棺桶になってしまう。さっきから完全にこっちと息子たちとの交信が切れてしまっているが、これは当り前。向こうには、あたしたちに因縁をつけている余裕など小指の先ほどもない。

「ちょっと近いわね」ユリの眉が小さく跳ねた。

「もっと、ずうっと散らばっていると思ってた。これじゃ、どのバレルも百メートルくらいしか離れていない」

「まあね」

あたしはうなずいた。そのくらいの距離だからこそ、微弱なビーコンもキャッチできているともいえるのだが。

と、思ったとき。

ごおんという太い音が、部屋全体で響いた。

バレルが回転するように、ぐらりと動いた。

「！」

少尉がかすかに反応した。

不安そうに、瞳が左右に揺れた。

「〈ラブリーエンゼル〉よ」ユリが言った。

「あたしたちのお船。いまワイヤーを打ちこんだところ。すぐにエアロックがチューブで固定されるはず」

「それ、もう完了しているわ」

あたしは〈ラブリーエンゼル〉が映っている画面を指差した。

そこには、いつの間にか文字と数字がびっしりとかぶさっている。〈ラブリーエンゼル〉の擬似人格操船システム〝エル〟が送ってきたメッセージだ。ドッキングと同時に、有線接続がおこなわれた。

あたしは、こちらで集めたデータをエルに送った。

「たしか、こういうところに隠してあるのよね」

ユリがなにやらつぶやいた。コンソールの隙間に身をかがめてもぐりこもうとしている。

「ほら、あった」

ぷしゅっという破裂音が聞こえた。と、同時に、壁の一角が外れて落ちた。

非常用簡易宇宙服の格納庫である。緊急用のまともな宇宙服ではない。そういうのは、ふつうエアロックの中に置かれている。これは、本当に本当の非常用である。つまり、この部屋にいる状態で攻撃を受け、とにかくなんでもいいから宇宙服（のようなもの）が必要になったときに用いるやつだ。ライトスーツと呼ばれる通常の宇宙服が完全防水のオーバーコートだとすると、緊急用宇宙服は折畳型の携帯用レインコート、でもって、これがただのビニール袋ってことになる。とりあえず雨には濡れずにすむが、耐久性は皆無。服としてのまともな機能も持っていない。それでも、何もないよりはまし。そういうことね。

「はい、ケイ」

ユリが非常用宇宙服を投げてよこした。

それを、あたしは重ね着する。立ちあがって、頭からかぶる。素材は透明な金属繊維だ。着終えると、繊維の合わせ目が圧着される。くっついたら、もう二度とはがれない。だから、脱ぐときは電磁メスで切り裂く。もちろん、ビニール袋並みとはいえ、かりそめにも宇宙服である。一応、小さな空気ボンベもついている。せいぜい三十分くらいしかもたないが。

「なにしてるの？」

あたしの動きが止まった。

あたしの目の前で、少尉がぼおっと突っ立っている。

「…………」

「あなたも、これを着るのよ」

ユリが、少尉にも宇宙服を渡した。

「…………」

少尉は宇宙服を手にして、身じろぎをしない。表情がうつろだ。どうやら、強い刺激に対しては反応するが、思考力とか、理性とか、そういったものは、根こそぎどこかに吹き飛んでしまったらしい。

あたしとユリは、互いに顔を見合わせた。

仕方がない。

ふたりで少尉をつかまえ、宇宙服の中に、そのからだをむりやり押しこんだ。梱包が終わったところで、あたしが両足を把り、ユリが肩口をかかえる。

ふたりで少尉を運んだ。Gがほとんどなくなっている。限りなく無重力に近い。それでも、できれば、こういうやつはここに放置しておきたい。いまのあたしたちには、ただの邪魔者だ。

部屋の外にでた。通路の端にふわりと進んだ。エアロックの扉がある。少尉のパスワードでひらいた。中に入った。

小さな気閘室。壁のパネルのスイッチを、ユリがオンにした。バレルの外部ハッチが、チューブで〈ラブリーエンゼル〉のエアロックと接続されていることを確認する。

「すべて順調」

あたしのほうを振り返り、ユリがにっこりと微笑んだ。

外部ハッチがひらく。チューブがなかったら、その向こう側は宇宙空間になる。

チューブの白いトンネルが、あたしたちの眼前に広がった。長さは五メートル強。突きあたりに、〈ラブリーエンゼル〉の外部ハッチがある。そちらは、まだ口をあけていない。

まず少尉を押しだした。

ゆっくりと漂っていく。硬直しているのが、かえって幸いした。このほうが扱いやすい。

少尉が〈ラブリーエンゼル〉のハッチにぶつかって、止まった。ユリが床を蹴り、そのあとを追った。水平に宙を舞う。

あたしが最後になった。

あたしは低く身構えて、えいっとばかりに強くジャンプした。

あたしのナイスなボディが、トンネルの奥へと吸いこまれる。白いチューブが、全身を包む。

つぎの瞬間。

トンネルが消えた。

あたしの周囲が漆黒の闇に転じた。
何があったのか、理解できない。
空気の乱流が生じた。
その渦に、あたしは巻きこまれた。
ぐるぐると視界が回転した。

7

気がつくと、ワイヤーケーブルにひっかかっていた。反射的に両手でしがみついてしまったらしい。よく覚えていないけど。

「ケイっ！」

あたしを呼ぶユリの声が小さく聞こえる。この簡易宇宙服に、通信機などという気の利いたものは装備されていない。手首の通信機から飛びだした声が、あたしの耳に届いている。

とりあえず、その声で我に返った。

ドッキング・チューブがぼろぼろになっている。金属繊維でできているフレキシブル・チューブだ。強度は十分にある。事故で破れるなんてことは、ほとんどない。

閃光が疾った。

あたしの脇を数条のビームが擦過していく。

それでわかった。

チューブが灼き裂かれた。

レーザーライフルだ。それも、大型のハイパワー・タイプである。

「ケイ、ひとまず逃げるわよ」

ユリが言った。

え？

なんだって？

逃げる？

誰が？

どこへ？

火花が散った。コア・バレルに打ちこまれていた〈ラブリーエンゼル〉のワイヤーケーブルが発火した。断ち切られ、弾け飛ぶ。

これって、いまあたしが必死でしがみついているケーブルじゃないの。

姿勢制御ノズルが、断続的に噴射した。

Gを感じる。〈ラブリーエンゼル〉が動きはじめた。それに伴って生じたGが、あたしを振りまわす。ささやかな加速だが、あたしのこの状態を考えたら、これは一般船室での十六Gくらいに相当する。いや、二十G以上だ。

「エアロックのハッチ、あけっ放しにしてあるわ」ユリが言った。

「なんとか、そこに入ってくれる？」

おおお、おまえはぁ！

ひひひ、人でなしぃ！

〈ラブリーエンゼル〉が反転する。それを追うように、レーザーライフルのビームが飛来してくる。あたしは二本の腕でワイヤーケーブルにぶらさがり、船体にたどりつこうと、じたばたもがいている。着ているのは、簡易宇宙服だ。こんなの、ケーブルのささくれかなんかにひっかけたら、それだけでぱっくりと裂けてしまう。そうなったら、あたしは一巻の終わり。銀河系でもっとも美しくて可憐な花が、こんなところで無惨に散ってしまう。それはいけない。人類の損失だ。

何をどうしたのかはよく覚えていないが、とにかく、あたしは右手の指でハッチの一部をつかんだ。〈ラブリーエンゼル〉は、依然として回頭をつづけている。コア・バレルは、もうどこにも見えない。レーザーライフルの光条だけは、まだそこかしこを縦横に跳ねまわっている。

思いっきり、腕を手前に引いた。反作用で、ふわりと前進した。そのまま頭からハッチの中へと飛びこんだ。

そのとき。

簡易宇宙服が甲高い悲鳴をあげた。最後の最後で、やってしまった。ハッチの金具が、みごとに左の膝下をびりびりと切り裂いてくれた。

ひい！

あたしは右手の壁に突進した。スイッチパネルがある。それを平手で張り倒した。ハッチが閉まる。空気がエアロックを満たす。人工重力がオンになる。

床に落ちた。背中からしたたかに叩きつけられた。あやうく首の骨を折りそうになった。

「なあに？　いまの音」

ユリの声が訊いた。とてつもない能天気質問である。そうなのだ。ユリってば、こういうやつなのだ。

「なんでもないわよ」

あたしはつぶやくように答え、からだを起こした。うーむ、腰が痛い、肩が疼く、右手が痺れている。

「あせって、着地に失敗したのね」

ユリが言葉をつづけた。なんなのよ。結局、見てたんじゃない！

あたしは首をめぐらし、エアロックの天井にはめこまれているモニターカメラのレンズを睨みつけた。声も、そこにあるスピーカーから聞こえてくる。

「コクピットに急いだほうがいいわ」ユリが言った。

「息子さんたち、怒りまくってるみたいなの」

ええい、うっさい！　そんなことはわあってる。その怒りの直撃を浴びたのが、いまのあたしなんだぞ。

あたしは簡易宇宙服を破り、脱ぎ捨てようとした。が、あれほどあっさりとハッチの金具に負けたくせに、あたしの力では一ミリだって裂け目は広がろうとしない。ったく、なんて底意地の悪い素材なのかしら。ユリテックスと名づけてやりたい。

結局、エアロックの備品の電磁メスを使って、あたしは簡易宇宙服の中から脱出した。

通路を駆けぬけ、コクピットに向かった。

コクピットには、ユリとキンスキー少尉がいた。ユリは操縦席にすわり、正面のスクリーンを凝視している。少尉は簡易宇宙服を着たまま、床に転がっている。ユリって、本当に少尉をただ運びこんだだけだったのね。

あたしはユリの左どなり、コ・パイロットのシートに腰を置いた。

「あいつら、何をやってるの?」

ユリに訊く。

「バレルの外にでてきたのよ」ユリはスクリーンの中央を指差した。

「ハードスーツも用意してたのね。五体くらいいるわ。みんなハイパワーのレーザーライフルを持っている。そいつを使って、〈ラブリーエンゼル〉とコア・バレルを狙った」

「おかげで、あたしは船外空中ブランコを演じさせられたってわけね。観客なしで」

「んもう、言ってくれればカメラをまわして全銀河中継してあげたのにぃ」

「意味が違う!」

あたしはコンソールをばしっと叩いた。

ついでにスクリーンの映像をズームアップする。

いかめしいハードスーツを着こんだ重武装の兵士たちが、バレルの蔭や大型のパーツの上に身を置き、こちらをうかがっている様子が画面いっぱいに映しだされた。

「マーキングは？」

あたしはユリに向かって訊いた。

「生きてるわよ。移動している息子さんたちをきちんと捕捉しているから、ひとりも見失っていないわ。ライトスーツの人たちは、まだバレルの中に留まっているけど」

「じゃあ、警告を聴かせてあげましょ。礼儀として」

あたしは、通信機のスイッチを指先で弾いた。周波数はこの宙域での汎用を使う。

「聞こえる？　皇帝の息子さんたち」スクリーンに視線を据え、あたしは口をひらいた。

「こちらはＷＷＷＡの〈ラブリーエンゼル〉。あなたたちは本船の射程内にいる。いまブラスターをぶっ放されたら、もうおしまい。逃れるすべはないわ。だから、素直に降伏しなさい。武装を放棄し、生命維持装置以外の宇宙服の機能を停止させて自由落下状態に入る。そうしたら、生命の安全は保証するわ。回収して、地上に送り届けてあげる。どう？　悪くない提案でしょ」

「そうかしら」

ユリがぽつりと言った。こらこら。降伏勧告にちゃちゃを入れるんじゃない。

あたしは、同じ言葉をもう一度、繰り返した。

「──でもって、いまの勧告を受け入れる気があるのなら、この回線ですぐに返答をしてちょうだい」少し補足もつけ加えた。

「猶予は三十秒。それだけしか、待たないわ」

「ちょっと短いんじゃない？」

ユリが言った。これは、まじにそう思ったらしい。

だけど、それは間違っていた。

あいつらには三十秒でも、長すぎた。

いきなり、ハードスーツの五体が動いた。背中のノズルを噴射させ、レーザーライフルを構えて、こちらに向かってきた。

まっすぐに突っこんでくる。それと同時に、ライトスーツの息子たちもバレルの外へと姿をあらわした。もちろん、かれらも武器を手にしている。

警告を発してから、三秒と経っていない。

いっせいに撃ってきた。

光条が〈ラブリーエンゼル〉に集中する。

百メートル級の小型船だが、それでも〈ラブリーエンゼル〉はれっきとした外洋宇宙船である。ワープだってできるし、戦闘能力も備えている。いくらハードスーツにハイパワーのレーザーライフルを用意しても、その程度の装備では勝負にならない。挑みかかるなんて、無謀の極致だ。あいつら、どこかが壊れている。

彼我の距離が詰まった。

息子たちが、眼前に迫ってきた。もともとそれほど離れていたわけではないから、間合いは一瞬のうちに縮まっていく。

「どうしよう？」

ユリが訊いた。さすがの万年お気楽女も、口調がちょっとだけ重い。

「どうしようと言ったって、どうしようもないじゃない」あたしはスイッチのひとつを親指で強く押しこんだ。

「ぐずぐずしていて船体に取りつかれたら、はっきりいってやばいわ。こっちは攻撃不可能のお手あげ状態になっちゃう。逆に向こうはハッチやノズルを好き放題に狙い撃ちできるようになる」

コンソールに、ブラスターのグリップが起きあがった。

あたしは右手でそれを握り、トリガーボタンに指をかけた。

息子たちは、賭けにでた。起死回生の大博奕だ。こっちがためらって、ブラスターを発射するタイミングが遅れたら、あいつらはその賭けに勝つ。

なめんじゃないわよ、皇帝の息子たち。

あたしたちは、こんなことじゃびびったりしないんだ！

「ケイ！」

ユリが叫んだ。

ええい、やっちゃえ。

あたしはトリガーボタンを押した。

どおん。

オレンジ色の火球が、スクリーン全体をあでやかに彩った。

8

「片づいたわ」

バックレストごしに、あたしは背後を振り返った。

そこには、キンスキー少尉が転がっている。

少尉はぼおっと、あたしたちのほうを見ていた。でも、ほうけたような雰囲気はない。茫然自失状態からは脱したみたいだ。といって、完全に正常ってわけでもないんだけど。

「これ、使ってよ」

あたしは小型の電磁メスを少尉の前に投げた。少尉はもそもそと動き、それを手にした。簡易宇宙服を切り裂く。言葉を口にしない。無言だ。

立ちあがった。金属繊維の砕片をはたき落とし、前に向かって歩を進めた。

エルが床の汚れを察知し、掃除用の小型ロボットをだしてきた。小さな円盤状のマシンが床の上を走りまわって、ゴミを手早く処理していく。

「…………」

少尉は、あたしとユリのシートの間に入った。あたしの眼前に電磁メスを突きだした。あたしはそれを受け取り、コンソールのツール・ポケットに戻した。

少尉は、メインスクリーンを凝視している。

先ほどまであたしたちのお船をレーザーライフルで攻撃していた〝皇帝の息子たち〟の姿は、もうどこにもない。ついでに、なぜかバレルやモジュールの数もちょっとだけだが減っている。

みんな吹き飛ばしてしまったのだ。

〈ラブリーエンゼル〉のブラスターが。

もちろん、全部ではない。ちょっとだけと言うからには、本当にちょっとだけ。司令本部モジュールを形成していたバレルは二十個くらい。ほかのモジュールだと、たぶん一ダースくらいってとこだろう。全モジュールの割合からいうと、せいぜい二十一パーセント前後である。ちゃんと確認してはいないけど。当然ではあるが、これは不幸な事故だ。たまたまブラスターの火球が突き進むライン上にそれらのユニットが浮かんでいた。それだけのことである。あまり気にしてはいけない。肉体と精神のストレスになる。

「悪夢だ」少尉がぽつりと言った。

「こんなことが起きるはずがない。〈ヌクテメロン〉が消滅してしまった。国家防衛の象徴的存在。新生アムニール共和国宇宙軍の最重要拠点となっていた軌道要塞。それが、あとかたもなく破壊されてしまうなんて。そんなことは、ありえない。すべては嘘だ。わたしは夢を見ている。まもなく目覚め、わたしは真実を知る」

「そうじゃないわ」ユリが言った。

「いま見ている、これが現実よ」

「！」

少尉の頬が思いっきり痙攣した。左右の目の端が高く吊りあがり、肩口のあたりがわなわなと震えた。

「だって、結局は息子さんたちの潜入を許しちゃった革命評議会がいけないのよ」ユリは遠慮会釈なく、言を継ぐ。

「あの人たちが、司令本部を乗っ取ったり、あたしたちに喧嘩を売ったりしなかったら、こういうことにはならなかったんだもん。状況があれで、経過がああなっていて、あたしたちが相手しなきゃならなくなったら、これしか解決の道はないわ。つまり、なるべくしてなったのね。わ・か・る？」

「し、しかし……」

少尉が口をひらいた。言葉を返そうとした。

そこへ。

「それよりも、いろいろ訊きたいことがあるわ」ユリがむりやり声をかぶせた。

「今回の提訴のことで」

「う」

少尉の表情がこわばった。

「たしか、〝皇帝の息子たち〟がスペースコロニーの中に立てこもってるっていう話だったわね」

あたしも言った。コンソールに左肘をつき、てのひらにあごをのせ、上目遣いに少尉を見た。

「そう。でもって、それをあたしたちの力で排除してほしいっていう依頼だった」

「あたし、びっくりしちゃったわ。だって、そんなのアムニールの国内問題でしょ。WWWAのトラコンが扱う事件とは根本的に違っている」

「にもかかわらず、中央コンピュータは、この提訴を受け入れてしまった。あたしたちに出動命令をだした」

「これって、どういうこと？」

あたしは右手で、軽く少尉の胸を叩いた。少尉のからだがびくっと震えた。

「〝皇帝の息子たち〟を名乗ったひげ男、おもしろいことを言ってたような気がする」

「あたしも聞いた」ユリが言う。

「銀河連合の犬どもに大統領の遺産は渡さない、なーんてね。なにかしら？　大統領の遺産って」

「そもそも、どうして息子たちはスペースコロニーなんかに籠城しちゃっているの？」あたしは、さらに突っこみを入れた。

「もらったデータによると、黄金宮は、もう廃墟も同然の施設ってことになっていたわ。いくらアリエフ前大統領の別荘だったからといっても、あんなのは、とても遺産とは呼べない。スペースコロニー本体だって、時代遅れのガラクタなんだし」

「だけど、息子さんたちは〝遺産〟という言葉を使っていた」ユリがつづける。「あたし、何かがこの提訴の裏に隠されているっていう気がする」

「そうなのよね」

あたしは頬づえをはずし、左手の指でコンソールのキーを叩いた。

メインスクリーンの一角に、スペースコロニーの映像が浮かんだ。WWWAの本部でソラナカ部長から渡されたデータ・ディスクの中身である。映しだされたスペースコロニーの映像は、革命が起きる前のものだ。つまり、大統領の別荘として機能していたときの華やかな姿である。

あたしは映像を切り換えた。画面が、スペースコロニーの内部の様子に変わった。

壮麗な建物が、大きく広がる。何度見ても、これはすごい。

絢爛たる大宮殿だ。テラにあった、なんとかという本物の皇帝の居城を模してつくったらしい。とにかく、もともとは五百万人もの人びとが住んでいたスペースコロニーを、自分ひとりの別荘にして改造したというとんでもない代物である。豪華とか、流麗とか、そういった並みの言葉で表現できるレベルは、とうに超越してしまっている。贅沢や濫費も、ここまでくれば立派というほかはない。

だが、つぎの映像で、その様相は一変する。

そこにあるのは、無惨な瓦礫の山だけだ。

山の中央に、かろうじてもとの建物らしき部分を残しているところがある。

革命勃発のとき、黄金宮は最重点攻撃目標のひとつになった。革命軍は艦隊を派遣し、ここを徹底的に攻撃した。しかし、黄金宮に配備されていた大統領の親衛隊は、まったくひるまなかった。"皇帝の息子たち"の最精鋭部隊が、ここには駐屯していたからだ。

スペースコロニーは命綱にも等しい大型反射鏡を破壊され、自転も止まった。円筒形の本体を覆うガラスの外壁も何か所かを割られた。

通常なら、これでスペースコロニーは死ぬ。人工大気が流出し、太陽光線を取り入れることができなくなったのだ。これでは人間の生存環境は形成できない。

ところが、黄金宮は意外にしぶとかった。宮殿の一部をシャッターで完全密閉し、動力も含めて、生命維持機構のすべてをバックアップするためのシステムが、こっそりと用意されていたのである。

黄金宮守備隊の息子たちは、そこにこもった。何人が、どれほどの間、そこで暮らしていけるのかは、ぜんぜんわかっていない。でも、少なくとも、この半年は陥落するそぶりも見せなかった。それは明らかな事実だ。この調子なら、あと一年くらいは平気かもしれない。

ここで謎が生じる。

なぜ、革命評議会は黄金宮にこだわるのだろう。

なぜ、艦隊のブラスター斉射で、スペースコロニーをガスに変えてしまわないのだろう。

根こそぎ消してしまえば、籠城もへったくれもない。あっという間にエンドマークがでる。

答はひとつだ。

黄金宮がほしいのだ。

ぼろぼろ、がたがたの元宮殿に、知られざる用が存在しているのだ。

「あたし、思うんだけど」ユリが言った。

「中央コンピュータが提訴を認めたのは、この謎の部分に、何かひっかかることがあったからなんだわ。アムニールの革命評議会は、事情を隠して提訴をおこなった。その事情は、人類にとって重大な危機につながるなんらかの要素を孕んでいた。だから、憲章を無視して、トラコンを派遣した」

「息子たちは、いいタイミングで襲撃をかけてきてくれた。そういうことね」あたしは薄く微笑んだ。

「おかげで、何を教わればいいのかがはっきりした」

「要するに遺産よ」ユリが大きくうなずいた。

「あたしたちが呼ばれた真の目的を、息子さんたちはちゃんと知っている。それを、かれらは遺産という言葉で表現した」

「心配しないでね」あたしは少尉の瞳を下から覗きこむように見た。

「派遣されてきた以上、仕事は仕事。黄金宮を占拠しているテロリストたちは一掃してあげるわ。ただし、だまされて動くというのは、ちょっと趣味じゃない。そこんところを、きちんとクリヤーしてほしいの。わかるでしょ？」

　少尉の顔面が、小刻みに波打った。頬は青白く、唇は紫色だ。

「それじゃあ、中断された会見のつづきをやりましょう」ユリが、通信機のスイッチをオンにした。

「もう妨害する人は、どこにもいないわ。この船の中は、すごく安全なの。ちゃちな軌道要塞なんかよりもずうっとね」

「呼びだして！」あたしは少尉に向かい、強い口調できっぱりと言った。

「地上にいる革命評議会の議長さんを。大至急」

9

戦闘艦のブリッジに、あたしたちはいた。

アムニール共和国、革命宇宙軍第一艦隊の旗艦〈モンスーン〉の主艦橋である。

大きく張りだしたデッキの上に、コンソールやスツールがいくつも並んでいる。デッキの下にはコントロール・ルームがあり、正面には左右百八十度のメインスクリーンがどーんとはめこまれている。操船を担当する士官は十数人というところだろうか。それほど多くはない。

〈モンスーン〉は、三百メートル級の軽巡洋艦だ。なんといっても、辺境の惑星国家の宇宙軍である。これが最大クラスの戦闘艦となる。艦隊を構成する宇宙船の総数は、ワープ機関を搭載しない小型シャトルのたぐいも含めて、三十二隻。連合宇宙軍のそれとは較ぶべくもないささやかな艦隊である。

あたしとユリは、ブリッジの中央にあるスツールにでーんと腰をおろしていた。けっこうえらそうである。その左右には、艦長、副長、参謀長、それに作戦将校のキンスキー少尉といった顔ぶれが、ずらりと並んでいる。眼前には巨大なメインスクリーン。映しだされているのは、もちろん、黄金宮のあるスペースコロニーそのものだ。

ほんの十分ほど前に、あたしたちは第一艦隊と合流した。〈モンスーン〉に〈ラブリーエンゼル〉をドッキングさせ、キンスキー少尉を含めた三人で、その艦内に移乗した。

〈モンスーン〉の艦長には、すでに革命評議会議長からの緊急通達が伝わっていた。

「WWWAのトラコンふたりの指揮下に入れ」

軍の統制を乱すといけないので、名称だけは通達となっているが、これははっきりいって命令である。艦長は、逆らえない。

さっそく、あたしたちはブリッジに入った。

〈モンスーン〉は、スペースコロニーから五万二千キロの位置を数隻の随行艦とともに遊弋《ゆうよく》していた。むろん、艦隊所属の全艦船はこの宙域一帯に広く展開しており、事実上、スペースコロニーを完全包囲している。

メインスクリーンの右上に、新しい窓がひらいた。その中に、ちょいと渋い感じのおじさんの顔が浮かびあがった。

G・オコロビッチ。

アムニール共和国革命評議会の議長さんである。

ちょっと太っていて、あごが二重になりかけているこの人は、ついこのあいだまで強制収容所に入れられていた。前大統領のアリエフの政治に異を唱え、その所行を糾弾したオコロビッチは、十一年前に逮捕され、そのまま収容所に放りこまれてしまったのである。しかし、かれは信念を曲げることなく、獄中から反アリエフを主張しつづけてきた。

こういう場合、この手の人はおおむね反対派のシンボル的存在となる。むろん、オコロビッチも例外ではない。半年前の革命で収容所から解放されたとたんに、このおじさんは革命評議会の議長にまつりあげられた。もともと政治家であったオコロビッチは、これを快諾した。革命評議会は臨時政府を組織し、新憲法を制定して国会議員と大統領を選出する選挙をおこなうことを目的として設立された。その評議会の議長ともなれば、言うまでもなく次期大統領の最有力候補である。

〈ラブリーエンゼル〉のコクピットで、あたしたちとオコロビッチは、けっこう激しくやり合った。

独裁者を倒して新政府の大統領になろうとしている人がＷＷＷＡを裏切るつもりなのか。銀河連合をあざむき、利益を得ようというのか。

あたしとユリは、舌鋒鋭く迫った。

結局、オコロビッチ議長は真相（の一部だと思う。話をしてわかった。こいつは、意外に狸だ）を白状した。

どうやら、アリエフ前大統領は何か新兵器の開発をしていたらしい。それも、すごく強力な。

革命評議会は、投降した軍関係者から、その開発計画のコードネームだけを聞きだしていた。

小鬼作戦《オペレーション・ゴブリン》。

しかし、その内容はまったくわかっていない。将軍クラスでも、コードネーム以外は聞かされていなかったという超秘密計画である。でも、それが驚異的な新兵器の開発作戦であることだけは、間違いないと言われていた。

そういうものがあるのなら、新政府は、その計画も完全につぶしてしまわないといけない。本当にそれがとてつもない兵器で、それをアリエフ一派の残党、ことにその親衛隊であった〝皇帝の息子たち〟が手に入れたら、どういうことになるか。想像するまでもなく、明らかである。反革命が勃発し、アムニール共和国は内戦の泥沼へと引きずりこまれていく。

革命評議会は、必死で小鬼作戦の全貌を探ろうとした。が、それは空振りに終わった。データ・ディスクの一枚も見当たらなかった。

ただ、前大統領ゆかりの施設で、まだ何も捜索できていない場所が一か所だけあった。

黄金宮である。

黄金宮のあるスペースコロニーへの革命軍による攻撃は、最後の最後におこなわれた。なんと、アリエフの処刑が終わったあとである。

理由は簡単。宇宙まで手がまわせなかったからだ。

革命は地上ではじまった。アリエフもシャトルに乗りこむ直前に捕まった。アムニールの国軍は、わりと早い時期に反アリエフを表明したが、宇宙軍だけは対応が遅れた。革命の帰趨がほぼ定まったところで、艦隊司令官がようやく革命軍への帰順を明らかにした。けっこう日和っていたのである。文字どおり、高みの見物というやつだ。

攻撃が遅くなったぶんだけ、スペースコロニーは堅固になっていた。それでも、艦隊の全艦船による一斉射撃でスペースコロニーをあとかたもなく吹き飛ばしてしまうというのなら、そんなに苦戦することはなかった。

ところが、ここに小鬼作戦があるという情報が飛びこんできた。

黄金宮にこもった〝皇帝の息子たち〟は異常といっていいほどの抵抗をつづけている。しかも、ここ以外のところに小鬼作戦の手懸りはない。

となれば、「スペースコロニーをガス化しちゃおうプラン」は採用不可能である。

無傷とまでは言わないが、それなりの形を残した上で、黄金宮は陥落させたい。

そこで革命評議会は、べつの手段を考えた。

「これまでの状況を説明したまえ」

メインスクリーンに映っているオコロビッチが口をひらいた。

「はっ」

参謀長がスツールから立ちあがった。三十代半ばといったところだろうか。肩書のわりには若い。もしかしたら革命評議会が宇宙軍を再編成し、そのおかげで大抜擢された若手の士官なのかもしれない。キンスキー少尉のそれよりも、もう少し階級章やワッペンなんかが派手だ。データ表示用の半透過ゴーグルをかけているので、顔の細部がよくわからない。でも、あごの形なんか見ると、ちょっとごっつい感じがする。なんとなく好みのタイプではなさそう。

「われわれは、評議会の指示を受け、選びぬいた戦闘員による特別潜入部隊をきょうまでに五組、黄金宮へと送りこんできました」

スクリーンの映像が、スペースコロニーのクローズアップに変わった。

うーむ。

こうやって大写しにされると、このスペースコロニーはしみじみとぼろい。

というか、本当にスクラップ状態だ。

円筒状の居住区は、一応その輪郭をとどめている。だが、気密を保ち、反射鏡の光を取り入れるために存在する〝ガラス窓〟は全滅だ。ひとつ残らず、みごとに割られている。その上、本来は三面あるはずの巨大反射鏡も、わずかに一面しかくっついていない。それも、半分くらいが砕けている。

ふつうなら、この状態のスペースコロニーに人間が居住するなんてことは不可能である。

しかし、黄金宮は違った。

画面が、さらに変化する。

スペースコロニーの内部が表示された。これは実写映像ではない。観測により取得したデータをもとに作成された３ＤのＣＧである。

「黄金宮の中央居館がシャッターと樹脂とで完全に密閉され、シェルター化されています」

参謀長が言った。

「また、地下にあるスペースコロニーの補助動力炉が生命維持システムを動作させており、シェルター化された空間内へ空気、水、エネルギーを安定的に供給しています」

「戦闘艦からの砲撃で、動力炉は破壊できなかったの？」

ユリが訊いた。

「無理です」参謀長は首を横に振った。

「少なくとも、黄金宮を消すなという評議会の指示を厳守する限り、それはできません。近距離からのピンポイント攻撃も試みましたが、居館の周囲には高出力火器の砲台が相当数存在し、艦船の接近を許そうとしません。現に、その攻撃で我が軍は二隻の駆逐艦を失っています」

「で、少数の戦闘員からなる特殊部隊を黄金宮の内部に潜入させ、息子さんたちの殲滅をはかろうとしたってわけなのね」

あたしが言った。

「けど、それも失敗しちゃったんでしょ」

ユリがつづけた。シビアな一言だ。傷口に指を突っこみ、それをむりやり広げるような行為である。

「そうです」

圧し殺した声で、参謀長が答えた。あらあら、よっぽどユリの突っこみが痛かったのね。顔色をなくして、唇まで噛んじゃってる。

「小型のシャトル、ハードスーツのみでの降下、さまざまな方法で送りこもうとしたのですが……」横からキンスキー少尉が言った。

「ことごとく察知され、撃破されました。滞在中に攻撃されたときを想定して、アリエフは黄金宮にレーダーと各種のセンサーと重火器の砲台を装備させていたのです。それも、最新鋭のものばかりを。この防衛網をかいくぐる方法は、現在のところ皆無です」

「そうかしら？」ユリが言った。

「まだ、やってないことがあるような気がする」

「そうよね」あたしも言った。

「皆無って言いきるのは早計だわ。だって、あたしたちが呼ばれて、ここにきているんですもの」

「何があると言うんです？」

参謀長が訊いた。挑みかかるような目つきで、あたしたちを見た。

「いいわよ」あたしはその視線をまっすぐに受けた。

「教えてあげる。いますぐに」

「わあ、楽しみ」

ユリがころころと笑い声を響かせた。

こいつぅ。

いつか首を絞めてやる。

10

突入予定時間まで、あと六百秒を切った。

いまごろはもう斉射のカウントダウンがはじまっている。

すでに警報は発せられていた。

惑星アムニールの母星ファルズフが、ちょっと機嫌を害した。

いわゆる太陽面爆発というやつである。爆発が確認されたのが十五時間ほど前で、アムニールの宇宙軍と気象観測省がアムニール全土と周辺航路に対して、非常警戒速報を同時に流した。

高密度のプラズマ流が、宇宙空間を駆けぬけていく。これに伴い、電波障害、観測機器障害、ワープ機関障害などが予想され、ワープポイントはプラズマ流の到達予定時間の前後六時間にわたって閉鎖されることとなった。航行中の艦船及び軌道ステーション、スペースコロニー居住者は、専任の要員を待機させ、不測の事態に備えるよう要請する。

これが発信された警報の中身だった。

もちろん、嘘八百だ。ファルズフは平穏そのもので、黒点やプロミネンスの活動も、極めておとなしい。異常は、ひとつとして観測されてはいない。

　この警報は、あたしが評議会に頼んで流してもらった偽情報である。

「要はね」と、あたしは〈モンスーン〉のブリッジで口をひらいた。

「レーダーやセンサーにひっかかってしまうのなら、それを使えないようにしてしまえばいいのよ」

　どうやって、やるんだ？

　可能なら、とっくにやっている！

　四方から声が飛んだ。ええい、うっさい。

「プラズマ流が通過したら、使えなくなるわ」

　ユリが言った。

「それは、規模によります」参謀長が応じた。

「潜入作戦を完了させるまでに必要な時間は、最低でも三千秒とされています。もちろん、これはロスがまったくなかった場合を想定したもので、確実性を高めるためには、あと一千秒ほどがさらに上乗せされなくてはなりません。つまり……」

「四千秒もの間、レーダーやセンサーを殺してくれるプラズマ流を簡単に用意することはできない」

「そうです」

　せりふの後半をあたしに奪われ、参謀長はちょっちむくれた。

「こちらの太陽に味方してもらえばいいわ」

あたしはメインスクリーンの映像を切り換えた。また画面がスペースコロニーの遠景に戻った。その右手、はるかかなたに星がひとつ光っている。言わずと知れた、恒星ファルズフだ。

「あの星の表面で大爆発が起きたら、そのくらいの規模のプラズマ流が発生するでしょ」

「ええ」参謀長はうなずいた。

「起きたら、発生します。しかし、ファルズフは非活動期に入っていて、あと数年はあなたの期待に添うほどの大爆発を起こす可能性はありません。黒点の数も、最少といっていいレベルです」

「だけど、絶対にゼロだとは言いきれないんじゃない?」

ユリが訊いた。

「ゼロでなくても、そんなに都合よく爆発したりはしません。いますぐ爆発するかどうかというのなら、それはゼロです。断言しましょう。なんなら、わたしの首を賭けてもいい」

要らないわ。そんな不細工な首。

「ゼロでなきゃ、いいのよ」あたしは言った。

「起きる可能性が一パーセントでもあれば、あとはなんとでもできるんだから」

「なんとでも?」

参謀長やキンスキー少尉、艦長、それにスクリーンの中のオコロビッチまでが、いっせいにあたしの顔を見た。

「そう！」あたしは胸を張った。

「たいせつなのは情報だけ。ファルズフが太陽面爆発を起こしたという」

「その情報を、非常警報の形で、どかどかどかと流しちゃうのよ」ユリがつづけた。

「そうすると、黄金宮にこもっている息子さんたちも『そのあいだはレーダーやセンサーがしばらく使えなくなってしまうんだなあ』と思うわ。でも、それを警戒したり、気にしたりはしない。プラズマ流が荒れ狂っている宇宙空間を横切ってスペースコロニーに突入をはかる人なんて、どこにもいるはずがないんですもの」

「ところが、ぎっちょん」あたしはにっと笑った。

「やってくるプラズマ流は、スペースコロニーだけを狙った特別限定品なの。だから、あたしたちは平気。ちゃんと潜入用のシャトルをコントロールできてしまう」

「理解不能です」参謀長が言った。

「スペースコロニーの座標点だけを通過する強力なプラズマ流など、どこにも存在しません。先にも述べました。そんなものがあるのなら、われわれはとうに使用しています」

「あなたたちは持ってないわ」ユリが両の手を左右に広げた。

「ところが、あたしたちは、なぜかそれを用意できちゃうのよ」

「なに？」

「いま、このあたりで連合宇宙軍の第六、第八艦隊が合同演習をやっているわ」

あたしはまたスクリーンの映像を切り換えた。今度は、銀河座標の模式図になった。中央が恒星ファルズフになっている。その左上、それほど遠くない地点に、淡く輝いている光点の集団があった。連合宇宙軍のマークが、その光点の脇に添えられている。

「戦艦が八隻に、重巡洋艦が二十隻。軽巡や駆逐艦なんかを含めたら、ざっと二百三十隻という大艦隊よ」

「この艦隊がこっちにやってきて、いっせいに主砲から荷電粒子を射ちだしたら、何が起きるかしら？」ユリが言った。

「もちろん、目標は黄金宮のあるスペースコロニー。艦隊は四千秒間、ただひたすら撃ちまくりの出血大サービスをしてくれるわ」

「連合宇宙軍の艦隊斉射」

参謀長は絶句した。

「WWWAは、銀河連合の付属機関だから、連合宇宙軍に支援を要請できるの。任務遂行のために、どうしても必要だと認められたら」

あたしは、スクリーンの模式図を動かした。一種の加速シミュレーションである。

連合宇宙軍の艦隊がファルズフの惑星軌道上に移動し、ファルズフとスペースコロニーとの中間点に入った。標準時間でおよそ十四時間。それだけあれば、艦隊は演習宙域から楽勝でここにくることができる。擬似プラズマ流を絶妙のタイミングで、スペースコロニーにぶつけられる。

「だしてちょうだい。非常警戒警報」あたしは凜と言い放った。

「ファルズフが太陽面爆発を起こして、高濃度のプラズマ流が太陽系内を駆けめぐるっていう……」


「狭いわねえ、ここ」

ユリが言った。もぞもぞとからだを動かした。

「ちょっと、やめてよ」あたしは文句を言った。

「せっかくの変装が、だめになっちゃうじゃない」

「大丈夫よ、このくらい。全身、上から下までばっちりできあがっているんだから」

「少し早すぎたわ、準備するの」あたしはつづけた。

「何も作戦開始の三時間も前から、こんなところで待機してなくてもよかったのよ」

「それは、ほんとね」

ため息をつき、ユリは同意した。

あたしたちがいるのは、小型の強襲戦闘艇の機内である。ただし、コクピットではない。もっと狭い場所だ。

戦闘艇は、スペースコロニーから五千キロほど離れた、黄金宮包囲網の最前線を漂流している。いわゆる自由落下状態というやつだ。

この最前線には、ほかに五隻の駆逐艦が配備されている。もっとも、この五隻はあと九分くらいしたら、これ見よがしにこの宙域から離脱していく。

理由は緊急避難だ。

ここはスペースコロニーとはものすごく近い。宇宙の感覚でいえば、目と鼻の先である。したがって、この界隈を直撃するプラズマ流がくるとなれば、のんきに監視などしていられない。逃げそこなって渦流に巻きこまれでもしたら、大ごとである。運が悪いと、動力機関を破壊されて航行不能に陥ってしまう。

「なんか、まだ納得いかないわ」

ユリが言った。

「なんのこと？」

「遺産。前大統領が残した新兵器の情報」

「内容を知らないって言ってることでしょ」あたしはうなずいた。

「たしかにあんな言葉、鵜呑みになんかできない。そもそも、すでに一度、あたしたちをあざむいていたんだし」

「おまけに、あたしたちの仕事、大幅に軌道修正されちゃった」

「けど、任務としては、こっちのほうが楽だわ。とにかく暴れて、ブラスターの砲台やらレーダーやらを手あたり次第につぶしてしまえばいいんだから」

「ケイにはぴったりよね。こういうがさつな作戦」

「誰にがさつがぴったりですって？」

「あたし以外のひ・と」

「あんたってば！」

「やん！　なにするの！」

あたしは腕を伸ばした。ここは真っ暗で、ユリの姿もほとんど見えない。でも、すごく狭いから、ちょっと動けばすぐに相手のからだのどこかに触れる。

ユリの手首があった。あたしはそれを力いっぱい握った。

「いったーい」

ユリが悲鳴をあげる。しかし、あたしは許さない。

「泣いたって、だめよ」あたしは言った。

「喧嘩を売ってきたのは、そっちなんだから」

あたしはユリをねじ伏せようとした。ユリが抵抗し、ふたりのからだが闇の中でアクロバティックにからんだ。

そのときである。

あたしの眼前で、白い光がはじけた。

こ、これは！

光が意識を覆う。すべてが純白の紗幕に包まれていく。

はじまっちゃったんだ。

とつぜん。

あれが……。

11

あれとは何か。

あたしたちの特技だ。

専門用語ではクレアボワイヤンスという。

俗にいう千里眼というやつね。それを超心理学《パラサイコロジー》で表現すると、クレアボワイヤンスになる。

つまり、超能力ってこと。

心臓の搏動が高鳴っている。全身が熱い。からだの深奥《しんおう》が燃えている。そんな感じだ。

それは、ユリも同じである。あたしと同じ感覚を一緒に味わっている。それが、はっきりとあたしにはわかる。

あたしとユリはひとつになった。ふたりの意識が重なり、融合した。その結果が、この真っ白な光の世界である。

光が燦きはじめた。白光が、細かい無数の粒子に分解されていく。

渦流が生じた。

光の細片が渦を巻く。

あたしのからだが浮いた。

むろん、それは錯覚だ。浮遊しているのは意識そのものである。あたしの肉体ではない。

でも、いまのあたしには、自分が宙に浮かびあがっているとしか思えない。

光がまわる。ぐるぐるとまわる。輝きが強くなり、空間のすべてを再び白い光が完全に埋めつくそうとする。

ユリがいた。

その正面に、あたしがいる。

音がない。

色彩もない。

モノクロームのふたり。

と、そのとき。

光の中に、あらたな光が生まれた。

その光には色彩がある。華やかな色が激しく乱舞している。

光が広がった。拡大し、いびつに歪んだ。

輪郭がつくられる。光が形となる。

なんなの？　これ。

あたしとユリは、互いに顔を見合わせた。

広がっていくのは。

景色だ。

緑の大地が出現した。その上を蒼穹が覆う。

コバルトの空に聳え立つ、雪をいただいた山々。その山裾にはなだらかな斜面がつづいている。

この光景は？

この場所は？

つぎつぎと、あたしの眼前にパノラマがあらわれた。かつて目にしたことのない映像。さまざまな事象、事物が浮かびあがり、即座に消えていく。あたしはそれをひとつひとつ脳裏に刻みこむ。記憶に焼きつける。忘れてはいけない。絶対に覚えておかなくてはいけない。何があっても……。

そう思った刹那。

瞬時に光が失せた。

はじまるのも唐突だったが、終わるのもいきなりである。

鮮やかな暗転。

閃光が収縮する。漆黒の闇が光を侵食する。

意識が散った。どおんというショックが、あたしのからだを下から突きあげた。

「ピーターQ、強襲戦闘艇が暴走。回収できない！」

声が、耳に飛びこんできた。

「ジェリーK、機体を確認した。FT－1049。強襲戦闘艇〈アリス〉。交信不可能。プラズマ渦流の第一波に遭遇し、エンジンの制御システムが破壊された」

緊急回線でのやりとりである。事故が起きた。それを報告している。

あっ！

我に返った。

「やだ。時間よ！」

ユリが叫んだ。

時間って、なんの？

と、ぼけている余裕はない。時間といえば、時間だ。ひとつしかない。作戦開始時間である。

緊急回線で交信しているのは、二隻の駆逐艦だ。FT－1049〈アリス〉というのは、あたしたちが乗っている強襲戦闘艇の名前である。

太陽面爆発の情報を受け、スペースコロニーを包囲している艦船は、一時的に避難することになっていた。そのためには、配備していた小型艇を母艦が急いで収容しなければならない。

その作業の途中で、事故が起きた。

先行して流れてきた弱いプラズマ流に、強襲戦闘艇の一機が直撃されてしまった。大型艦ならいざ知らず、この手の小型艇はこういう異常にけっこう弱い。簡単にシステム・コンピユータがおかしくなる。

〈アリス〉もそうだった。制御不能に陥り、回収できなくなった。

暴走する強襲戦闘艇。その行き着く先は最初から決まっている。

スペースコロニーだ。〈アリス〉はその内部に飛びこみ、黄金宮の横に不時着する。そのあとは、エンジンが爆発し、機体は黒焦げになる。

すでに〈アリス〉は暴走を開始していた。駆逐艦同士による聞こえよがしの交信が、それを示している。

まだ九分ほどあると思っていたのが甘かった。

クレアボワイヤンスが、その時間をあっという間に食いつぶしてしまった。

このお芝居は、黄金宮にこもる〝皇帝の息子たち〟を観客としている。

いくらプラズマ流でレーダーや通信装置を殺していても、潜入が絶対にばれないとは言いきれない。ちょっとでも機影が映ったり、ドッキングのショックが黄金宮に伝わったりしたら、それで一巻の終わりだ。息子さんたちはプラズマ流ものとせず、しゃにむに攻撃をしかけてくる。

そこで、もうひとつ偽装工作をつけ加えた。

それが、この『暴走する〈アリス〉ちゃん』である。

プラズマ流でおかしくなった強襲戦闘艇が、黄金宮の脇に落っこちる。けっして、ありえない話ではない。こういう事故は、わりとよく起きたりするのだ。しょっちゅうってほどじゃないけど。

「まいったわね」

あたしは、肩をすくめた。全部コンピュータ制御で進む作戦だから、あたしたちは何もしなくてもいいのだが、それにしても、心の準備ってものがある。なのに、気がついたら、もう作戦は動きだしていて、あたしたちは、ただひたすら茫然としているだけ。

「なんで、こんなときにあれが起きちゃったのかしら」

つぶやくようにユリが言った。

クレアボワイヤンスは、あたしとユリの切札である。そもそもあたしたちがWWWAにスカウトされたのは、この能力を持っていたからである。

大学生のとき、あたしたちは、この能力に目覚めた。ほんの偶然がきっかけだった。能力が発動すると、あたしたちはトランス状態に陥る。そして、意味不明の映像を見る。これは目で見るのではない。意識に、その映像が忽然と浮かびあがってくるのだ。

能力には条件があった。

まず、あたしとユリのふたりが一緒でないと、でてこない。それも、ふたりの肉体がどこかで触れ合っている必要がある。たいていは手と手がくっついている。腕を組むとか。握手しているとか。今回は珍しいことに全身がぐちゃぐちゃに絡み合っていた。条件としては完璧といっていい。

ふたりでひとつの超能力。

しかも、この能力には問題があった。

映像がはっきりしていないのだ。

見たその時点では、何がなんだか、まったく理解できない。ほとんどの場合、解決寸前になって、ああ、あれはこのことを意味していたのかと膝を打つ。正直な話、これはけっこう情ない。超能力と呼ぶには、あまりにお粗末である。

でも、あたしたちは、これがあるからWWWAのトラコンになった。厳しい訓練と研修を乗り越え、一年前に正式にライセンスをもらった。中央コンピュータが、この能力はものすごくすぐれていて、人類の福祉に必ず貢献するに違いないと認めたのだ。たぶん。

警報が鳴った。けたたましい電子音だ。機外のセンサーがプラズマ流の本体を感知した。もう、この宙域のどこかでは、集結した連合宇宙軍の大艦隊が主砲をやけくそで撃ちまくっている。

出動要請を提出したときの艦隊総司令の反応は、予想どおりのものだった。

「ふざけた作戦である」

いきなり、そう言った。だけど、拒否はしなかった。要請は正式の手続きを経ていたし、何よりもアムニール共和国革命政府の協力依頼嘆願書が添付されていたのが効いた。

いまごろは「予算の無駄遣いだ」とでも叫びながら、荷電粒子を連射させていることだろう。

ぐらりと〈アリス〉が揺れた。

振動が激しくなった。終わりのない震度七って感じ。機体のあちこちが、ぎいぎいときしんでいる。

「プラズマ流に突入したのね」ユリが言った。

「どうか、お船が壊れませんように」

祈っている。

一応、〈アリス〉には改造が施してある。機体は内外部ともに強化され、この程度のプラズマ流なら、三時間くらいは耐えられるようになっている。システム・コンピュータがおかしくなったように見えるのは、演技だ。そう振舞うようにプログラミングされ、システム自身がそのプログラムを制御している。

強いGを感じた。

小刻みな加減速がおこなわれている。

長い。

不安な時間がつづく。本当に、これはただのお芝居なのだろうか。もしかして、本物の制御不能に陥っているのではないだろうか。

無限とも思える時が、刻々と過ぎていった。

ふいに。

新しい警報音が鳴り響いた。

あたしははっとなって背すじを伸ばした。ユリも息を呑む。その気配が伝わってくる。

あと三十秒だ。
〈アリス〉が激突する。
スペースコロニーに。

12

桁違いの衝撃をくらった。

目から火花などという生やさしいものではない。減速タイミングをきちんと計算し、搭乗しているクルーにダメージが及ばないように機体をぶつけたはずなのだが、とても、そんなこと信じられない。

しばらく気絶していた。

「いったーい」

ユリの呻き声で意識を戻した。

「あつつつつつ」

あたしも全身に激痛を感じた。頭の中なんか、痛みが脈動している。脳細胞が割れ鐘に変身して、互いにぶつかりあっているさまを想像してほしい。これで正気を保っていられるのは、ひとえにあたしの意志の力による。ふつうの人なら、おかしくなってるね。きっと。

なんてことを考えていたら。

ふいに呼吸が苦しくなってきた。胸がつぶれてしまったのだろうか。息ができない。

腕を動かそうとする。でも、だめ。何かが邪魔している。あたしの上にどかんとすわりこんでいる何かが……。

って、これはユリの尻ではないか。

「ええい。おどき！」あたしは怒鳴った。

「あんた、絶対に前より太ったわよ。一トンを超えたんじゃない？」

「冗談やめて」ユリが言った。

「頭痛がひどいのよ。そんな寝言に付き合ってなんかいられないわ」

「どこが寝言よ」あたしは応戦した。

「いまあんたに首を絞められて、窒息しそうになっているのはあたしのほう。それ、わかってるの？」

「じゃあ、窒息する前に、あたしの足を解放してくれないかしら」ユリは、さらに言い返した。

「あたしをここに縛りつけているのは、あんたのふとももなんだから」

「あんですって」

しばらく口論がつづいた。

いつものすったもんだである。

罵り合いながら、からだを動かした。そのうちにお互いの位置が入れ替わって、なんとか落ち着く場所に落ち着いた。

ぜいぜいぜい。

肩で息をしてしまう。

ポジションがなんとかなったところで、あたしはモニターのスイッチを入れた。あたしとユリはヘルメットをかぶっている。その内部に映像が映しだされる。音は骨を通じて、鼓膜に直接届く。

まず、数字が浮かんだ。

２６０９。

数字はどんどん増えていく。あっという間に２６２０になった。

これは秒数だ。作戦の経過時間を示している。

「順調だわ」

ユリがうれしそうに言った。黄金宮到達までに四千秒を予定していたから、二十分以上も余裕が生まれた。もっとも、これは当然のことである。あれだけの衝撃を伴ったまま激突したのである。これで目いっぱい減速していたなんて言われたら、あたしは怒るよ。〈アリス〉はプラズマ流の流れに乗り、最高の突入を実現させた。そのぶんのしわ寄せは、あたしたちの肉体に対するダメージとなった。楽あれば、苦もある。これが人生というものではないか。

などと、しみじみなんてしていられない。

あたしはあわてて映像をカメラのそれに変更した。

今度は〈アリス〉の機内だ。

いきなり目の前が真っ赤に染まった。

炎である。燃えさかっているのだ。機体の内外が。ごうごうという音が耳朶を打つ。文字どおりの大炎上。しかし、これも計算された火災で、火力さえもシステムによって厳密に管理されている。

映像は、ときおり激しく乱れた。ノイズがひどい。この場合、映っているのが奇跡みたいなものである。ノイズはプラズマ流による機器の障害だ。対策が施してあるから、なんとか壊れずに動作している。それでも、このくらいの障害が発生する。たぶん、黄金宮のシステムは主要回路のほとんどを切っているはずだ。そうしないと、致命的な損傷を蒙る。これが惑星の地表なら、そういう心配は無用になる。地磁気——惑星磁場が存在しているからだ。磁場によって形成された磁気圏と呼ばれる一種のバリヤーが、プラズマ流のあらかたを弾き、その流れの向きを変える。直撃を許さないようにする。スペースコロニーも同じだ。正常に機能していれば、コロニー本体の磁場と特殊ガラスが、プラズマ流に対してほぼ同様の役割を果たす。こんな悲惨な状況は現出しない。だが、いまの黄金宮は宇宙空間に対して丸裸だ。太陽を前にして、その肌を無防備にさらけだしている。

あたしはつぎつぎとカメラを切り換えた。

これは、機能チェックも兼ねている。一応、異常はない。どのカメラもちゃんと映る。

「早くぅ」小声で、あたしはつぶやいた。

「急いでほしいよぉ。でないと、せっかくつくった時間の余裕が根こそぎ消えちゃうわ」

モニターの隅で、赤い光がまたたいた。警報だ。きた！

あせって、カメラをハッチ付近のものに変えた。

いきなり、ハードスーツが映った。

巨大な合金の塊が、画面いっぱいに広がる。一般に宇宙服は二種類に分かれている。ライトスーツとハードスーツだ。通常〝宇宙服〟というときはライトスーツを意味している。ハードスーツは、戦闘用の装甲宇宙服のことで、宇宙軍の装備としてしか、ふつうは存在していない。ライトスーツとハードスーツの間には、宇宙船の船外作業で危険性の高い場所で用いられるワークスーツというのがあり、これは軍でも民間でも使用されているが、宇宙服としてはかなり特殊なものになる。車にたとえれば、ライトスーツが乗用車、ワークスーツがブルドーザ、ハードスーツが重戦車といったところだろうか。

ハードスーツは、ハッチを灼き切り、〈アリス〉の内部へと進入してきた。

果敢である。さすがは〝皇帝の息子たち〟だ。感心する。このプラズマ流の嵐の中にハードスーツを着てでてくるなんて、限りなく自殺行為に近い。まっとうな兵士なら、絶対に出動を拒否する。もちろん、拒否しても命令違反にはならない。だって、ハードスーツを身につけた状態で、そのシステムがおかしくなったら、それを着ている兵士は一巻の終わりだ。鋼鉄の棺桶に閉じこめられたまま、身動きすらできずに窒息するか、凍死する。場所によっては焼け死ぬ。いずれにせよ、生存は不可能になる。

あたしはべつのカメラへと視点を移動させた。さすがにカメラを動かすことはできない。そんなことをしたら、監視しているのがばれてしまう。あちこちに隠してあるレンズが、いま適当にかれらを捉えているのだ。

ハードスーツは、三体をかぞえた。フル装備だが、動きによどみがない。よく訓練されている。

そこかしこを調べて、ハードスーツがコクピットへと入ってきた。

コクピットの床には、ライトスーツを着た屍体とおぼしきものが五体ほど転がっている。炭化していて、原形は留めていない。

それをハードスーツの三人が、丹念にチェックした。これは細胞クローニングでつくった人工人体組織の一部である。出発時には、すでに炭化状態になっていた。それを先ほどもう一度、高熱であぶった。いまは、くすぶっているといった状況だ。余熱の雰囲気は、十分にでている。

三体のハードスーツが、身振りで何かやりとりを交した。よくわからないが、事故でここに突っこんだことを確認したらしい。

と、とつぜん一体が、前に進んだ。正面の壁に何かがあるのを発見した。

何かの正体。

それ、あたしには予想がつく。宇宙服収納庫の扉だ。

べりべりと壁の一部をはがし、ハードスーツが収納庫の扉を強引にあけた。

ひい。

あたしの全身が硬直する。その扉の内側には、あたしとユリが隠れているのよ。

シルバーコーティングされたハードスーツのヘルメットが、収納庫の中をじろじろと眺めた。その瞳に映っているのがなんなのかを、あたしは知っている。

黒焦げになった二体のワークスーツだ。この中に納められたまま火災に遭い、無惨に焼け焦げた。そう見えるようにメイクされている。

ややあって、ハードスーツがきびすを返した。どうやら擬装は完璧だったみたい。息子たちの目を完全にあざむいた。

コクピットから三体がでていく。

こら、収納庫の扉を閉めていけ。この礼儀知らず。

なんてことは叫ばない。あたしとしては、用がすんだら、とっとと黄金宮に帰っていってほしい。

カメラで行方を追跡し、かれらが〈アリス〉から立ち去ったのをはっきりとたしかめた。いかに勇敢でも、五分以上はプラズマ流の直撃を浴びたくはない。その気持ちは、あたしにもよく理解できる。

「オッケイ」

あたしはからだを起こした。ゆっくりと手足を動かして、収納庫から這いだした。そのあとに、ユリもつづいた。

真っ黒けのワークスーツが、もそもそと蠢いている。もっとも、このすすけた黒いコーティングはただの塗装ではない。対プラズマ流の被膜も兼用している。これがあるから、あたしたちはプラズマ流のただなかにいても、平気でいられるのだ。

とりあえず、あたしとユリは大きく伸びをした。ああ、あらためて全身が痛い。関節がきしむ。

ユリが計器を取りだし、〈アリス〉の不時着地点を確認した。

予定どおりである。〈アリス〉は、きれいに黄金宮中央居館の外壁に突き刺さっている。これで偶然の不時着というんだから、あたしたちの作戦も大胆だ。自分で言うのもなんだけど。

あたしとユリは〈アリス〉の機体尖端に向かった。

そこにハッチがある。へしゃげているが、ちゃんとひらく。あけると、その向こうはもう黄金宮の内部だ。すごく端っこのほうというのは、とりあえず気にしない。

あたしとユリは顔を見合わせた。ヘルメットも真っ黒で、相手の表情がよく見えない。でも、心はばっちり通じ合っている。

モニターの数字を切り換えた。残り時間を読む。９９６。あと十六分と少しだ。悪くない。

とにかくがむしゃらに進む。

その時間内で行けるところまで。

13

コイントスで、負けてしまった。

あたしは悪態をつきながら、荷車をひっぱっている。これはホバーカートというやつだ。市販されている浮遊メカで、通常はイオン効果で十五センチほど浮上し、それを持主が押したり引いたりする。宇宙港なんかでは手荷物の多い人のためにレンタルしていたりする。

ところが、このホバーカート、いまは浮上していない。かわりに補助車輪がでていて、それが床に接地している。理由はもちろん、プラズマ流を浴びているから。こんなときにイオンモーターを動作させても、装置が壊れてしまうだけで、いいことは何もない。あたしは、見た目も機能も、文字どおりの荷車と化してしまったカートのはじにベルトをひっかけ、それを自分の腰に巻きつけている。ひじょうにかっこ悪い。こんな姿、誰にも見せたくない。

「じゃあ、つぎ、こっちね」

ユリが、あたしの眼前を横切った。るんるんとした足どりだ。もっとも、身にまとっているのが黒焦げのワークスーツというのでは、スキップしてもみっともないだけである。

ユリは、壁やら床やらに、小さなボタンを貼りつけていた。ホバーカートの上には、いくつか荷物が載せてあり、そのうちのひとつには、何種類かに色分けされたボタンがぎっしりと詰めこまれている。重要なのは、この色分けだ。あたりの様子を見て段取りを組み立て、即座に貼るボタンの色を決める。これを間違えると、あとでまずいことが起きる。作業は、慎重にかつ手早くおこなわれなくてはいけない。本来、そういう知的な仕事にはユリよりもあたしのほうが向いているのだが、運命の女神の気まぐれで、あたしはコイントスに負けてしまった。おかげでしくしくと嘆きつつ、荷車を引いている。救いは、メインの人工重力装置が切られているため、ほとんどGがないということだけだろう。これで一Gだなんていったら、あたしは逃げる。作戦を変更する。

十六分は、あっという間に過ぎた。

歩みはけっこう遅かったが、それでも意外に黄金宮の深奥近くまでたどりつくことができた。やってみるものである。

かすかな電子音が、耳もとで鳴り響いた。

警報だ。ワークスーツのコンピュータがプラズマ濃度の低下を教えている。

どうやら、安全なお散歩も、これまでということらしい。約束の四千秒が終わった。連合宇宙軍の艦隊斉射が完了した。まもなく黄金宮のすべてのシステムが復旧する。その中には宮殿内外の警備システムも含まれている。監視カメラはもちろん、温度、磁気、金属探知など、ありとあらゆるセンサーも息を吹き返す。もうこんなあからさまな行動は絶対にできない。ここにこもっている〝皇帝の息子たち〟が、あたしたちの潜入を知る。

「ユリ、もう一回やるわよ」

あたしは相棒を呼んだ。二回目のコイントスだ。今度は、あたしが勝つ。

ユリがきた。あたしは用意しておいたアンティークコインを指先で軽く弾いた。Gがないので、コインは空中にとどまり、くるくると激しく回転している。

「表」

ユリが言った。

「裏よ」

あたしは右のてのひらでコインをキャッチし、それをそのまま左腕に押しあてた。

てのひらを横にひらく。

表。

……だった。

この世には神も仏も存在しない。あたしは確信した。頼れるのは、自分ひとりだ。

「上等じゃない」

あたしは居直った。なんてことないわよ、こんな役割。ちょっとスリルをユリよりよけいに味わうだけ。かえって気持ちがいいくらいだわ。ひくひく。あ、頰がひきつった。

あたしたちはワークスーツを脱いだ。その下には透明のライトスーツを着ている。極薄の金属繊維。強靭で軽く、しかも、しなやかだ。

武器を手にした。あたしはヒートガンである。大型のライフルタイプだ。ユリは小型のレイガンを手にした。

つぎにやることは。

壁にヒートガンの銃口を向けた。トリガーボタンを無造作に押す。

さすがはハイパワー。熱線が壁を灼き、一瞬にして大穴があいた。

ただひたすら撃ちまくる。穴を広げ、ついでに数も増やす。

穴のひとつにホバーカートを隠した。ユリも、その奥にもぐりこんだ。壁の中に通路がわりになる空間があるはずだ。それを探している。

「いくわよ、先に」

あたしはユリに声をかけた。

「がんばってね」

ユリは言葉だけで、あたしを見送った。しょせん相棒なんて、こんなものよ。冷たいったらありゃしない。

あたしは走りだした。最初はふわふわと飛ぶように移動していた。初速だけで百メートルくらいは宙に浮いている。気をつけなくてはいけないのは、頭を天井にぶつけることだ。それと、左右に視線を送り、センサーやカメラのたぐいを発見すること。見つけたら、さっさとそいつらをヒートガンで灼きつぶす。

どのくらい進んだころだろうか。たぶん、ユリと別れて数分後のことである。

とつぜん、からだが重くなった。

軽々とジャンプができない。

人工重力だ。わずか〇・二Gだが、ほとんどゼロの状態から較べると、これはとてつもなく重い。

システムが復活した。プラズマ流の通過を確認し、〝皇帝の息子たち〟が黄金宮のメインシステムを再起動させた。

いよいよ、あたしがかれらの標的になる。おそらく、あたしの存在はもう知られているはずだ。

スピードアップした。重力に逆らいながら、あたしは通路を必死で駆けぬけた。

唐突に、眼前が大きくひらけた。

だだっ広いホールにでた。黄金宮の内部配置は、おおむねわかっている。革命評議会も、そのくらいの情報は入手していて、あたしたちもそのデータをもらった。むろん、内容は頭に叩きこんである。

ここは宮殿のセンターホールだ。夜会などの会場に使われていた広間である。千二百人のゲストを招いてひらいた誕生パーティの記録も残っている。

ホールの中心に向かって、あたしは進んだ。

そこへ。

わらわらと息子たちが出現した。

ハードスーツを着こんだ、五、六体の集団である。

これは、やばい。あたしは逃げる。方向を転じ、べつの通路に身を隠す。ホールの壁には出入口がたくさんある。通路が放射状に設けられているのだ。

そのひとつの中に飛びこみ、あたしはヒートガンを腰だめに構えた。

「囲まれたわよ、ユリ」あたしは小さくつぶやいた。

「これから派手に暴れるわ」

「了解」ユリの声が返ってきた。

「見物させていただきます」

「やるべきことは、ちゃんとやってよ」

「大丈夫。まかせなさい」

ハードスーツの息子たちが、あたしを捕捉した。散開し、こちらに突っこんでくる。くそ重いハードスーツだが、低重力ということもあって、息子たちは実に身軽に移動する。しかも挙措に無駄がない。

あたしはヒートガンをホールに向かって突きだした。

トリガーボタンを押す。照準合わせもそこそこに、熱線を発射する。

炎がホールを横切った。この火力、半端ではない。さしものハードスーツも、直撃を嫌う。あわてて攻撃をかわす。それに対して、あたしはさらに追い討ちをかける。

しかし。

すぐに反撃がはじまった。それはそうだろう。こっちはひとりで、向こうは半ダースである。しかも、ハードスーツで完全武装している。

たちまち、あたしは追いつめられた。とにかく、ヒートガンを撃つことすらできない。通路の奥から少しでもからだをだしたら、そこを狙われる。おまけに相手はじりじりと距離を詰めてきているから、照準も正確だ。三回くらい、あたしはひやりとした。

もうだめ。もう限界。

そう思ったとき。

ユリが、やってくれた。

爆発音が宮殿内に轟いた。床が上下にうねり、壁がびりびりと震えた。

さっき、ここにくる途中で貼りつけておいたボタンだ。あれが爆発した。起爆信号の周波数に合わせて色分けがしてあるから、グループごとに点火が可能だ。

爆発音は三回つづいた。息子たちが動揺した。侵入者は、あたしひとりではない。そこかしこに散らばって、破壊活動を開始している。そう判断した。

潮時だ。

あたしはヒートガンをホールに向かって投げ捨てた。外部スピーカーの音量をあげ、大声で怒鳴る。

「撃たないで！　降伏する！」

両腕を首のうしろにまわした。そのまままっすぐに通路からホールへとでた。けっこう緊張する。降伏なんて無視して撃ってくる可能性は高い。そうなったら、あたしはおしまいだ。

光線に灼き裂かれ、はかなくて美しい生涯をこんな廃墟の中でむなしく終えることになってしまう。

ゆっくりと、あたしは進んだ。

光線は飛んでこない。

いきなり、包囲された。速い。あっと思ったら、もうあたしのまわりにはハードスーツの息子たちがひしめいていた。

レーザーライフルの銃口が、ヘルメットに当たった。

14

また爆発音が響いた。これで何回目になるのだろう。もうかぞえてなんかいられない。

「派手にやってくれるわねえ」

あたしは上体を起こした。両手首と両足首がプラスチック製の手錠で固められている。おかげで、床の上にすわりこむだけでも一苦労である。

武器を捨て、投降したあたしの前に立ったのは、黄金宮占拠部隊のボス格とおぼしき男だった。ヘルメットのフェイスプレートがミラーコーティングされているために、顔つきとか表情なんかまるでわからないが、迫力だけは、ものすごくあった。とにかく全身から殺気があふれている。抜き身の刀って感じ。WWWAに入って、ふつうの人なら絶対にお目にかかれない大物のテロリストとも対面したことがあるけど、この男はもっとずうっと恐ろしい。

男は無言で軽く右の手を振り、他の息子たちに指示をだした。ふたりの息子が、あたしの透明宇宙服を電磁メスで切り裂いた。

だめえ、窒息する。酸素が足りない。あたしたち、外壁に穴をあけちゃったのよ。

そう叫ぼうとしたが、もう遅い。あたしの蠱惑的なボディは、息子たちの視線に、ばっちりとさらされてしまった。

ああ、空気がおいしい。

深呼吸をする。

なんだ。ちゃんと新鮮な空気が補充されているのね。

システムが回復するのと同時に、生命維持装置も動きだし、環境の再構築をおこなった。もちろん、〈アリス〉がぶち破った外壁の穴も補修された。あたしたちが通過した通路も、いまは隔壁で遮断されているはずだ。

腰のホルスターからレイガンを抜かれた。探知機で全身を調べる。ほかに武器はない。ブレスレットの通信機には金属シールを貼られた。これは、もうはがせない。あらゆる周波数の電波が、このシールに吸収されてしまう。破壊したり、もぎとったりしないやり方がスマートである。いかにもプロといった感じの仕事だ。感心している場合じゃないんだけど。

「WWWAのトラコンか」

くぐもった声が聞こえた。あらら、こっちの素性を見抜かれている。まあ、当然だろう。〈ヌクテメロン〉で息子たちに待ち伏せされたくらいなんだから。

「何人だ？　潜入したのは」

声は、あたしの真正面に立っているボス格の男が発していた。うーむ、顔も名前もわからないのはちょっとやりにくい。この息子、仮に〝トム〟と呼んでおこう。意味はとくにない。ふと思いついただけだ。

「知らないわ」

あたしはかぶりを振った。まっすぐにトムを見つめる。一発殴るか、それともあっさりと殺してしまうか。あたしは反応を待った。

太い爆発音が轟き、黄金宮が揺れた。ユリだ。がんばっている。監視システムをくぐりぬけ、好き放題に暴れている。いいなあ。あたしは心底うらやんだ。コイントスで負けただけで、この役割の違いは、あまりにも大きい。

「いいだろう」トムが言った。

「訊問はあとでじっくりとやる。いまはネズミの駆除が先だ」

あたしを包囲している息子たちに向かい、トムはかすかにあごをしゃくった。

あたしは手首と足首をプラスチック手錠で固められた。ハードスーツの一体にかつぎあげられる。ハードスーツの肩は、突起物だらけだ。恐ろしくかつがれ心地が悪い。

激痛にひいひいと泣きわめきながら、あたしは通路の奥へと運ばれていった。

そして、放りこまれたのが、この部屋である。

がらんとした、広い部屋だ。調度のたぐいは少ない。かわりに正体不明の荷物が、壁の脇にいくつか積みあげられている。床はほこりまみれで、歩くと、足跡が残る。そこに、あたしは無造作に転がされた。発光パネルになっている天井の一部がまだ生きていて、その光がわずかに闇を薄めている。夕方、日没の直後くらいだろうか。明るさは。

二時間ほど、あたしはおとなしくしていた。

もしかしたら、眠っていたのかもしれない。その記憶はまったくないのだが。

連続する爆発音と振動が、あたしの瞑想を妨げた。

例によって、ユリである。間違いない。

身を起こしたあたしは、あらためて周囲を見まわした。

何ひとつ、変化はない。

と、思ったら。

「やっほー！」

いきなり、視界がなくなった。目の前に、ぶっとい丸太のようなものが出現した。

「元気みたいね」

黒い瞳が、あたしの顔を上から覗きこんだ。ユリだ。ということは、あたしの眼前をさえぎったのは、ユリのふともも。

「そうかしら」あたしは肩をすくめた。

「ハードスーツの連中にいいようにいたぶられて、あたしは心もからだもずたぼろよ」

「はいはい。冗談はあとでね」

ユリは、あたしの言を無視した。レイガンを取りだし、プラスチック手錠を灼き切った。

「で、どうなったの？」あたしはユリに尋ねた。

「下準備、できてる？」

「ばっちしよ」ユリはうなずいた。

「息子たちの総数は十六人。でも、ハードスーツを着ているのは、七人。あとはライトスーツか、スペースジャケット」

「システムのほうは？」

「コントロール・ルームの場所はわかったけど、システムの制御は、まだ。端末からの侵入は無理かもしんない。とりあえず、あたしのデータを入れることだけは成功したので、なんとか動けるようになったの。いまのあたしは息子のメンバーのひとりとしてシステムに認識されてるわ」

「モニターを息子の誰かが見てないことを祈らなくっちゃね」

「そう思ったから、ちょっと花火を打ちあげて、こっちにきたってわけ」

「あたしがからだを張って捕虜になった甲斐があったわ」

「はいはい。冗談はあとでね」

「どこが冗談よ！」

「あら、これってなにかしら」

憤るあたしを、ユリはひょいとかわした。いつもは動きがとろいのに、こういうときだけはうまく逃げる。

ユリは壁に向かって歩を進めた。ほこりまみれで積まれている、謎の荷物の山がある場所だ。偶然だと思うが、そこのあたりの天井の発光パネルが淡く光っているので、けっこう目立つ。

「そもそも、ここはなんの部屋なの？」

あたしはユリの横に並んだ。

「保管庫ってなってたわ。一覧リストの中だと」

「たしかに応接間って感じじゃないわね」

「絵と彫刻があるわ」

ユリが荷物の包みをひらいた。カバーをはがし、中身をずるずると引きずりだす。なんて強引なやつなんだ、まったく。

「宮殿のそこかしこに美術品が飾ってあったでしょ」ユリがつづけた。

「あれは、みんなここから運びだしているの。革命評議会の資料にもあったけど、すごいコレクションだったみたいよ」

「で、いまからそれを鑑賞しようってわけ？　このとんでもないときに」

「ちょっとくらい、いいじゃない」

ユリはばかでかい絵を一枚、床の上に広げた。何号というのだろう。縦が二メートル、横が三メートルくらいある。額が豪華だ。油絵特有の匂いが鼻をつく。

「風景画だわ」

少し距離を置き、腰に手をあてて、ユリが絵を眺めた。なに、気取ってんのよ。あんたに芸術がわかるっていうの？

「名画かしら、これ」あたしは絵を指差した。

「なんかどっかで見たような場所」

「たしかに、そうよね」ユリも眉根にしわを寄せた。

「この絵、あたしも見覚えがあるわ。でも、画集やなんかで見たんじゃない。景色そのものを、どこかで目のあたりにしたって感じがする」

色合いが鮮やかな絵であった。中央やや右寄りに山がある。山頂のあたりが雪で白い。背景は真っ青な空で、小さな雲がいくつか浮かぶ。山の裾は、一方が谷へと切れこみ、もう一方がなだらかな高原へとつづいている。高原にあるのは、牧場だろうか。テラ原産の馬に似た四足獣が何頭か、群れをなして走っている。左端には白壁の建物があり、木々の緑が濃い。

「これって……」

あたしはつぶやいた。

「そうよ、これ……」

ユリもぽつりと言葉を漏らした。

あたしとユリは、首をめぐらし、顔を見合わせた。

見たことがあるはずだ。

記憶に残っているはずだ。

細部まで、完全に合致している。

あの映像に。

「さっき見たやつよ」

ユリが言った。

「あれんときにでてきた景色！」

あたしも大声をあげた。その自分の声に自分でびっくりして、あわてて口をふさいだ。

あれとはもちろん。

「クレアボワイヤンスだ」

ふたり一緒に言った。声がきれいにそろった。

すると、この絵は――。

15

あたしは断言した。ものすごくきっぱりと言いきった。言葉のはしばしに、自信が満ちあふれている。

「手懸りだわ！」

「なんの？」

ユリが訊いた。

「大統領の遺産」

「どうして？」ユリの目が丸くなった。

「ほかにもあるでしょ。可能性。あたしたちがつぎの休暇で遊びに行くところとか」

「それ、まじじゃないわよね」

あたしは、ユリを睨んだ。

「う、ちょっと……」

ユリは首をすくめた。

「たしかに、あたしたちが見たのは、この絵に描かれた場所よ」あたしはつづけた。

「でもって、それがなぜ見えたのかは、わかっていない」

「うんうん」

ユリはうなずく。

「だけど、いままでのことを考えてみてよ。クレアボワイヤンスが教えてくれるのは、あたしたちの意識にひっかかっていたことばかり。それは、あなたも認めるでしょ」

「はい」

「じゃあ、これは遺産のありかよ。間違いないわ。だって、あたしの頭には、遺産のありかしかなかったんだもん」

「ケイって、そんな頭だったの？」

「…………」

クレアボワイヤンス。

この能力は、大学の二年生、あたしたちが十五歳のときにはじめて発現した。

はっきりいって、本当にたいした能力ではなかった。街頭の占い師だって、あたしたちよりも正確に失せ物や尋ね人の行方を言い当てることができた。

それでも、キャンパスでは、あたしたちの力はけっこう人気を集めた。あたしたちが見た映像がいったい何を意味しているのかを当てる遊びが流行ったほどだ。裏を返せば、そういうことができるくらい、あたしたちの能力は低かったのである。中には、その遊びに積極的に参加してくる教授までがいた。教授はあたしたちの見た映像と、その後に判明した結果を記録し、大学のファイルに保存した。形式的には個人データだが、これは一応、大学の公式記録となった。この手の記録は、銀河ネットワークを通じてオープンにされる。だから、WWWAの中央コンピュータにも閲覧が可能だった。読んで、内容を分析することができた。

二年後、大学を卒業する直前に、あたしたちはWWWAへとスカウトされた。〝任務遂行に適した能力の持主であると中央コンピュータが判断したため〟というのが、その理由だった。

あたしたちは、そのスカウトに応じた。なんか、すごくおもしろそうだったから。

WWWAでは厳しい研修がおこなわれた。能力向上用の特別プログラムも受講させられた。スカウトしたWWWAでも、こんなに程度の低い能力ではさすがに実戦では使えないと判断したのだろう。にもかかわらず、半年かけても、あたしたちのクレアボワイヤンスは、それほど安定しなかった。見る映像が少し鮮明になったかなというレベルだ。気のせいに限りなく近い。いつでてくるのかは未だに不明だし、それが何に関連しているのかも判然としない。もちろん、まともな解釈はほとんどの場合、不可能だ。

研修所のあとは、やはり半年の見習い期間が待っていた。ベテランのトラコンにアシスタントとしてくっつき、あちこちの惑星国家に派遣される。待っているのは、うんざりするほど厄介なトラブルや事件だ。あたしたちは犯罪トラコンということで採用されたから、難易度が半端ではない。おまけに、危険度も高い。

ところが、あたしたちは自分で言うのもなんだが、わりと優秀だった。

なんと、派遣されて関わった四件のトラブル、事件を、あっさりと全部片づけてしまったのだ。しかも、そのうちの三件はあたしたちの能力で解決の糸口が見つかったという快挙である。

でも。

なぜか、あまり喜ばれなかった。

たしかに鮮やかに解決した。したけれど、そのあとがちょっとだけよくなかった。

少し被害がでたのだ。それも、銀河中でしばらく話題になったくらいの被害。

ひとつは、人口三十万人の都市がほぼ完全に潰滅した。もうひとつは、大型宇宙船が一隻、市街地に墜落してしまった。惑星シュコランでは月が爆発して吹き飛び、ルリダン星域ではブラックホールに戦艦が三隻、呑みこまれた。

あたしたちのコードネームは、ラブリーエンゼルである。専用宇宙船の船名と同じだ。

しかし、気がつくと、あたしたちはべつの名前で呼ばれていた。それをはじめて聴いたときは耳を疑った。嘘だと叫んでしまった。

ダーティペア。

ありえない。そんな綽名がつくはずがない。いろいろあったけど、それらはすべて不可抗力の出来事だった。不幸な事故だった。あたしたちのせいではない。その証拠に、あたしたちは一度もWWWAからペナルティをくらっていない。始末書の一枚すら書いたことがない。

あたしたちは銀河系に愛をもたらす、プリティな天使だ。それは、あたしたち自身が、いちばんよく知っている。

　とはいえ、忌まわしい風評は確実に広がっていた。今回の任務で、ソラナカ部長が不機嫌だったことが、その証しである。せっかくアシスタントの身分から脱却し、一人前のトラコンとしてラブリーエンゼル単独で任務につくときがきたというのに、部長は明らかにそれを歓迎していなかった。きっと、あたしたちを送りだしたくなかったんだわ。でも、中央コンピュータがあたしたちを指名してきたから、拒否することができなかった。いやいや派遣することになった。だから、あんなに機嫌が悪かったのだ。

「やってやる」

　あたしはつぶやき、きっと唇を噛んだ。

「え？」

　ユリがきょとんとなった。

「あ、そうじゃない」あたしは、あわててかぶりを振った。

「ちょっとべつのことを考えていたの」

「はあ」

　やらなくてはいけない。あたしは銀河の神々に誓った。あたしたちはダーティペアなんかじゃない。立派な、腕利きのトラコンである。今回は、それを証明する絶好の機会だ。あたしたちだけで、このトラブルの始末をつける。もちろん、何ひとつ被害などださずに。〈ヌクテメロン〉？　なによ、それ。あんなの被害じゃないわ。あれは、ただの作戦。ああなって当然だったケース。あれを被害とか損害とか呼んじゃったら、世の中、被害と損害だらけになってしまうわ。そんなの、絶対にへん。

「いいこと、ユリ！」あたしは相棒に向き直った。

「あの映像は、絶対に遺産の手懸りよ。それ以外の何ものでもないわ。そもそも中央コンピュータがあたしたちを名指ししたのには理由があるの。それを見逃したらだめ」

「はあ」

「要するに、中央コンピュータは、あたしたちなら提訴の裏に隠されている真相をあばくことができる、その力を持っていると見抜いたの。だから、何千人というトラコンの中からあたしたちを選んだ。そういうことなのよ」

「ケイは、それを信じきっているのね」

「そう」

あたしはうなずいた。

「問題は、遺産の正体だわ」ユリは軽く肩をすくめ、言を継いだ。

「あれがヒントだったとしても、あれだけでは、見当すらつけられない。遺産の中身の概要だけでもつかんでおかないと、遺産に関わる情報をうかつに革命評議会に渡すことはできないわ」

「かたをつけるのよ。一気に」あたしは両の拳を強く握った。

「手懸りがあるんだから、検索も可能になった。となれば、ここはまず黄金宮のコントロール・ルームを占拠して、システムの制御を完全に奪ってしまうことが先決。もちろん、その準備はもうすませてあるんでしょ、ユリ。まさか、あたしが命を張ってあいつらの注意を引きつけているときに、何もできなかったなんてことはないよね？」

「それはもうばっちり」ユリは右手でVサインをつくった。

「あれも、すぐにここにくるはずだし」

「あれ？」

あたしは、首をひねった。何ものだろう。あたしたちのほかに、誰かここに潜入していたっけ？

どかんという音が響いた。

爆発音ではなく、壁が砕ける音だった。

あたしの右横だ。だしぬけに部屋の一角が、ががらと崩壊した。瓦礫があたしの頭上に、団体で降ってきた。

「うわわわっ！」

ほこりが舞う。あたりが真っ白になる。

あたしは肝を潰した。びっくりして、腰を抜かしそうになった。

壁の向こう側から、何かがでてきた。樹脂パネルをぶち破って。

あたしは瞳を凝らした。白くたなびくほこりの霧の底に、平たい影が黒く浮かんでいる。

ホバーカートだ。

「もう息子さんたちにばれちゃってもいいのよね」ユリが言った。

「だったら、うんと派手に、ぱあっとやっちゃいましょ」

にっこりと微笑んだ。

わからん。

あたしは天を振り仰いだ。大学で知り合ってから、もう五年。でも、あたしにはまだこいつの性格がまったくわかっていない。

「ケイ、早くぅ」

ユリに腕をひっぱられた。ひっくり返るように、あたしはホバーカートの上に乗った。ユリが操作パネルに指を置く。

発進した。

疾駆する。保管庫から飛びだして、薄暗い通路を。

ホバーカートは、意外にパワフルだ。この手のマシンは地上での使用を前提にしてつくられているので、低重力環境では出力に余裕ができる。それを、あたしたちはさらに改造した。動力機関をチューンし、エネルギーチューブも大容量のものに換えた。だから、ユリとあたしを乗せた状態で、このカートは時速二十キロの速度をちゃんと維持している。

黄金宮の通路はひっそりと静まりかえっていた。人影もまったくない。障害物も存在しない。

走りだしてすぐに、あたしは警報がけたたましく鳴り響くだろうと思っていた。

でも、何も起きなかった。

「監視システムが誤解しているのね」

ユリが言った。息子たちのひとりとして認識されているユリが、捕虜を連行している。どうも、システムはそう解釈してしまったらしい。まあ、機械なんてそんなもの。よくあることだわ。

「もうすぐよ」

五分ほど走ったところで、ユリが前方を指差した。

その指の先に何かがあった。

目を凝らす。

ハードスーツだ。それも三体。大型のレーザーライフルを腰だめに構え、こちらに銃口を向けている。

「モニターで、あたしたちを見たのね」ユリは肩をすくめた。

「たぶん、コントロール・ルームの守備隊よ。警報が鳴らなかったから、あわてて自分たちがでてきた」

「おもしろいじゃない」

あたしは薄く笑った。カートの荷台に腕を伸ばした。積荷の中にバズーカ砲が入っている。それを取りだした。連射タイプの、ものすごく強力なやつだ。

スイッチをオンにして、あたしは砲身を右肩にかついだ。レーザー照準装置もセットした。

16

ぱぱぱぱっと光条が疾る。

ハードスーツが撃ってきた。警告射撃ではない。もろにあたしたちを狙っている。

「うっさいわね」

あたしはバズーカ砲のトリガーボタンを押した。

軽いショックとともに、ロケット弾が砲身から飛びだした。

連射する。

もう一発。そして、ついでにもう一発。間をほとんど置かない。仕上げにおまけの一発を追加した。

四連射だ。

ユリがホバーカートを減速させた。

火球が広がった。眼前が炎の海になった。すさまじい爆発だ。ちょっと撃ちこみすぎちゃったかしら。

熱風が、通路を駆けぬけていく。

「お肌が荒れるぅ」

ユリの文句が耳に届いた。もちろん、無視する。肌はポリマー被膜で保護されているのだ。あっという間に、ホバーカートがハードスーツのいた場所へと到達した。ユリがさらに速度を絞った。あたしはバズーカ砲を構えたままだ。油断はしない。

ハードスーツが三体、床に転がっていた。さすがにばらばらにはなっていない。たぶんスーツを装着している息子たちも無事だろう。だが、無事なのと、動けないのとは話がべつだ。ロケット弾の直撃が、ハードスーツの動力部に損傷を与えた。

ホバーカートをほとんど静止状態にして、ユリが飛び降りた。レイガンを手に、ハードスーツのもとへと走った。

ハードスーツの関節のパーツと、通信装置のアンテナ部分を灼いた。これでもう何をどうしても、この息子たちは身動きできない。仲間と連絡をとることも不可能だ。もっとも、あたしたちを発見した段階で、とっくに警報を発しているはずだが。

ユリがカートの上に戻ってきた。

再発進。少し急ぐ。

今度は順調だった。コントロール・ルームの前に至った。

バズーカ砲で扉を粉砕した。そのままホバーカートで室内に突っこんだ。粗雑なやり方だが、いまは時間が惜しい。

カートを停め、あたしとユリはそれぞれの配置についた。あたしはバズーカ砲を持って、ぽっかりと口のひらいた元扉の脇に陣取る。ユリはコンソールデスクのシートに腰をおろす。コンソールの正面に、三面に切られた大型のスクリーンがあった。ユリがキーを打ち、そこに映像を入れた。

まずは黄金宮の平面図。あちこちに光点がある。いまシステムが認識している息子たちの位置だ。中央で光っているのがユリっていうのは、ちょっとしたご愛敬である。光点は、どれもコントロール・ルームから遠い。予想よりも、ここは安全だ。

右手のスクリーンに画像と文字が表示された。どうやら、ユリがシステムのデータバンクに侵入したらしい。画面が猛烈な速度でスクロールしはじめた。

「だめえ」ユリが言う。

「ろくな情報がない。みんな処分されちゃっている」

「〝牧場〟で検索かけて！　ゴミの中に宝がある。世間ってそういうものよ」

ユリの指がホログラムキーの上で動いた。

スクリーンの映像が変わった。中央にあった黄金宮の平面図が左側に移り、中央画面には華やかなグラフィックスが浮かびあがった。アムニールに存在する牧場のデータと画像だ。

それがどんどん増えていく。

「ヒット四百二十三件」ユリが言った。

「ほとんどが国営牧場よ。前大統領ってよっぽど動物が好きだったのね」

「とりあえず、全部コピーしておいて」

「はいはい」

ユリがうなずいた。

そのときだった。

いきなり、あたしの背すじがぴくりと跳ねた。

一種の生体警報だ。修羅場をくぐってくると、こういうことが身につく。どこかで何かが起きている。

視野の端だった。そこに左スクリーンの映像が入りこんでいた。平面図と光点が見える。その光点が変化した。ひとつを残して、すべてが消えた。しかも、そのひとつが動いている。いつの間にか移動して、コントロール・ルームに迫ってきている。

なんなの？　いったい。

あたしは通路に視線を戻した。上体を伸びあがらせ、外に向かって首を突きだした。

「！」

殺気を感じた。背中が寒い。肌が粟立ち、うぶ毛がざわめく。

空気が揺れた。ひやりとした気配が、静かに流れる。

ハードスーツだ。輪郭が見えた。すぐそこまできている。

何をする気なのだろう。あたしは考えた。息子たちはコントロール・ルームを奪われたことを知っている。そして、ここを奪われたことが何を意味しているのかも承知している。アリエフへの絶対的忠誠を幼少のころから叩きこまれてきた〝皇帝の息子たち〟。非情の殺人マシンと化しているらしいが、けっして判断能力を失っているわけではない。

ハードスーツがゆっくりと近づいてきた。この冷徹な雰囲気。すさまじい威圧感。あたし、覚えている。

これは、あいつだ。ホールで会った。

トム（仮名）。

真正面にきた。

「そこまでよ」あたしは鋭く言った。

「そこでストップ。でないと、撃つわ」

あたしは、これ見よがしにバズーカ砲を構え直した。照準は、ぴたりとトムの胸のあたりに据えてある。

「撃て」低い声で、トムが応じた。

「俺もきさまを吹き飛ばしてやる」

トムは大型のブラスターを携えていた。言葉はブラフではない。

「…………」

あたしもトムも、口をつぐんだ。しばし、沈黙の対峙となった。

ややあって。

「降伏する気、ないかしら」あたしは口をひらいた。

「ここをあたしたちが確保した以上、もう勝敗は決したと思うの。すぐに革命軍が殺到してルから一掃する」
「われわれは死を恐れていない。ここで殪《たお》れたとしても、仲間が必ず裏切者どもをアムニー
「無駄な勧告だ」トムは首を横に振った。
くるわ」

地獄の底から響いてくるような声だった。

ったく、なんというやつなんだろう。こいつには人間の心がない。本当のつくりものだ。

アリエフは、こんな連中を何千人と生みだしてしまった。冗談じゃない。氷柱の前にいたっ
て、もう少しぬくもりを感じるぞ。

「一掃とは、大きくでたわね」あたしは言い返した。

「何かあてがあるの？　たとえば、大統領の遺産とか」

「ＷＷＷＡはあれを欲しているのか？」

トムのヘルメットが、かすかに動いた。ミラーコーティングのフェイスプレートが、鈍く
光った。

「遺産って、新兵器なんでしょ。要らないわ。そんなもの」

あたしは鋭く答えた。

「ならば、革命評議会が遺産を手にする。おまえたちは悪魔に力を貸したトラコンとして、
歴史に名を残すことになる」

「どういう意味よ。それ？」

「自分で考えろ」

「ケイっ!」

とつぜんユリが叫んだ。ものすごく切羽詰まった声だった。あたしは恐ろしい敵が眼前にいるのを忘れ、反射的に背後を振り返った。

あたしの瞳に、ついさっきまでのどかな牧場の画像やデータが表示されていたスクリーンが映った。

いま、その画面には巨大な「ALERT!」の文字が描かれている。

なっ、なんなの?

そう思ったとたん。

あたしのからだが宙に浮いた。

床が波打つ。

太い音が大きく響く。

爆発音だ。それも、とてつもない大爆発。黄金宮のどこかで起きた。

あたしはつんのめった。突きあげるような上下動がきた。崩れる。床が微塵に砕けていく。

あたしは、あわてて逃げた。コンソールデスクに向かって、思いっきり跳んだ。

「ユリ。あんた、なにしたの?」

ついでに大声で怒鳴った。

「何もしてない」

ユリが首をめぐらした。すごい顔だ。もろにまじ。口もとが完全にこわばっている。その背後のスクリーンは、真っ赤だ。激しく明滅している。これはもう警戒警報なんてもんじゃない。非常事態宣言をシステムが発している。

「やられたわ」コンソールデスクにしがみつき、ユリが言った。

「あいつら、自爆した！」

自爆！

あたしはうしろを見た。この場合のうしろとは、つまり通路のほうだ。そこにはハードスーツのトムがいた。

「うっ！」

言葉を失った。

血の気が引いていく。自分で、それがわかる。

ない。そこには何もない。壁も。床も。通路も。そしてトムの姿も。あたしの視線が捉えているのは、漆黒の闇だ。床が途中ですっぱりと断ち切られ、そこから先は奈落の闇が黒い口をただあけているのみ。

まさか、そんな……。

いくら殺人マシンとして育てられたといったって、なんで、こういうマネができちゃうのよ。それじゃ、いったいなんのためにここにいままでこもってきたの？　あいつらも遺産を求めていたんでしょ。遺産の手懸りを革命評議会に渡さないために、ここを死守していたんでしょ。

手懸り！

あたしは、はっとなった。コントロール・ルームのメインスクリーン。そこには、なぜか牧場の画像とデータが映しだされていた。ふつうならば、誰ひとり見向きもしない牧場のデータだ。

それは、たぶんトムも目にしている。だって、あいつはあたしの正面に立っていて、スクリーンはあたしの背後にばっちりと広がっていたんだから。

「ケイ！」

茫然としているあたしの横に、ユリがきた。どさりとライトスーツを投げ渡した。

「すぐに着て。脱出するわよ」

「あ、ええ」

あたしは我に返った。そうだ。いまはトムのことや息子たちの宿命などぼんやりと考えているときではない。それよりも、自分の身を守るのが先だ。

ライトスーツを着た。

「ねえ」ヘルメットをかぶろうとしていたユリが、ふっと動きを止めた。

「これって、どのくらい空気がもつの？」

あたしに訊く。

「このタイプだと三時間ってとこね」

あたしは答えた。

「ぎりぎりだわ」

ユリの表情が曇った。

「何が？」

「救難信号をだしたの。このスペースコロニー、もうすぐこなごなに砕けちゃうから。でもって、あたしたちは宇宙遊泳しながら、救援を待つのよ。三時間だと到着するかどうか、ぎりぎりってことになるわ」

「宇宙遊泳？」

「間に合うかしら」

ユリは小首をかしげてから、ヘルメットをかぶった。

「やれやれ」

あたしはため息をついた。

17

　山なみが眼前に迫ってきた。

〈ラブリーエンゼル〉は水平飛行を維持している。大気圏内巡航に入ってから、およそ二時間。もう惑星アムニールを五分の二周くらいしてしまった。

　あたしたちは、牧場を探している。宇宙港に船を預けて小型のVTOLをリースし、ひっそりと飛びまわろうかとも思ったが、結局こうなった。ちょっと目立つけど、距離やら使い勝手やらを考えたら、やはり操船し慣れている〈ラブリーエンゼル〉で動くのがいちばんいい。ユリとあたしの意見は、珍しく一致した。着陸に少しだけ不安が残っているが、目的地の地形がクレアボワイヤンスで見たとおりになっているのなら、問題はない。この船が降りられるくらいの広さの平地が必ずあるはずだ。

　黄金宮からの脱出は、文字どおりの危機一髪だった。本当にぎりぎりのところで、あたしたちは逃げだすことができた。といっても、足もとが崩れて瓦礫の渦に呑みこまれ、気がついたら宇宙空間を漂っていたというおまぬけな話なんだけど。

　爆発が局地的だったことが幸いした。スペースコロニーは人為的な爆発による構造材の劣化で崩壊したのであって、けっして吹き飛んでしまったわけではない。息子たちが自爆さえしなければ、原形を保ったまま革命評議会に引き渡すことができたのである。

回収されてから、あたしたちは革命評議会に激しく非難された。

「評議会はスペースコロニーの破壊を依頼したわけではない。それを回避した上で、不当占拠者たちを黄金宮から一掃してもらうことを望み、WWWAに提訴した。にもかかわらず、結果は期待を大きく裏切った。われわれは深く失望している」

そんなことまで言われた。

でも、「こういうものを確保してきました」と言って、あたしたちが黄金宮のシステムからコピーしてきたデータを革命評議会にそっくり渡したら、その態度が一変した。

「残念な状況に陥ったが、きみたちはよくやってくれた」なんて、歯の浮くような褒め言葉を持ちだしてきた。ったくもって現金な連中である。

ちなみに、データの中の牧場に関する項目には、ちょっとだけ手を入れておいた。傷がついていて、うまく読みこめなくなっているのだ。もっとも、そうなっているデータはけっこう多い。牧場データも、そのひとつになっただけのことである。遺産については、あたしたちがその中身を確認してから、どう扱うかを決める。そういうことにした。やはり、トム(仮名)の一言が気にかかっていたから。〝悪魔に力を貸す〟だなんて、どういう意味なんだろう。わかんないと、すごくいらいらする。

というわけで、あたしたちは報告書作成の名目で滞在期間を延長し、強引に地上に降下した。着陸先は首都に近い国際宇宙港を指定されたので、それには従うと伝えた。ただし、いつ到着するのかは未定になっている。寄り道してはいけないなんてことは、誰にも言われていない。

山岳地帯に入って、〈ラブリーエンゼル〉は高度を下げた。七千メートル。目印になっている山の高さがそのくらいである。

「あれね」

主操縦席のユリが、正面を指差した。

メインスクリーンの真ん中に、白い雪をいただいた三角形の山頂が小さく映っている。山の名前はグイシオン。アムニールの南半球にある。

さらに高度を下げた。雲海を抜けて、その下に位置を移した。

グイシオンが近づく。思ったより、なだらかな山脈だ。グイシオンが最高峰かもしれない。雲は淡く。空が青い。時刻は、この界隈の現地時間で午後二時過ぎということになる。

グイシオンのほぼ全容が、あたしたちの瞳に映じた。

おお、と思わず声がでてしまう。

記憶どおりだ。もちろん、黄金宮にあった絵と、あたしたちが見たクレアボワイヤンスと、その両方の記憶に合致している。間違いない。これこそがあの山だ。

高原を探した。すぐに見つかった。黄金宮から持ってきた牧場のデータと、地形がきれいに重なりあう。眼下に草原の緑がまぶしい。

ここへくる前に、あたしたちは衛星軌道上でリモート・センシングをおこなった。でも、何も見つけられなかった。

グイシオンの山裾には、地熱発電所がある。これは公開されている施設だ。いまも稼働していて、高エネルギー反応がある。確認できたのは、それだけだった。怪しげな施設は、ひとつもない。

もっとも、それは当初の予想どおりであった。息子たちも革命評議会も、センシングはうんざりするほどやっている。それこそアムニールの地表を隈なく調べぬいたことだろう。にもかかわらず、収穫は皆無だったのだ。あたしたちにもできる程度の、こんな簡単な調査で反応が得られたら、それこそおかしい。

そもそも、センシングをごまかすのは、さほどむずかしい技術ではない。施設を地下につくり、それを専用の構造材で完全に覆ってしまえば、たいていのセンサーは回避できる。でも、万が一を考えて、あたしたちも正規の手順を踏んだ。なにしろ隠密行動による捜査だ。後々のためにも、やるべきことはきちんとやっておかなくてはいけない。

「降りるわよ」

ユリが言った。

〈ラブリーエンゼル〉が着陸体勢に入った。すでにその場所は定まっている。牧場のど真ん中だ。センシングの結果も、そこがいちばんなだらかで、障害物がないことを示している。

右旋回しながら、牧場のある高原へと接近した。

高度五百メートルで、超音波を流した。着陸地点から大型動物を追いだす。体重数百キロに及ぶ生物の団体と正面衝突という情ない事態は、何があっても避けたい。

ランディング・ギヤが接地した。短い滑走。逆噴射で制御をかける。けたたましいエンジン音が、高原の静寂《しじま》を猛々しく破る。

停止した。轟音が急速に鎮まっていく。

「芸術だわ」うっとりとしながら、ユリが言った。

「あたしの着陸操作」

「あっ、そう」

あたしはさっさとコ・パイのシートから離れた。

船外にでた。エアバイクに乗り、カーゴスペースの積みだし口から、ふわりと草原に向かって飛びだした。あたしの背後にはユリがつづく。エアバイクは高度五十センチで緑の牧草地を驀走する。高原の風が心地よい。

ユリのエアバイクが、あたしの横に並んだ。

「ケイ、あれ！」

左手を指し示す。見ると、大型の四足獣がいる。テラ原産の馬に酷似した動物だ。脚が長く、細い。顔も面長で、たてがみが首になびいている。さっき超音波で追っ払ったのが戻ってきたのだろう。数頭が群れをなして軽やかに走りまわっている。

牧場の端に、管理センターがあった。円筒形の、塔のような建物だ。

ひとまず、あたしたちはそこに向かった。牧場を横切り、建物の脇にエアバイクを置いて、中に入った。とくにビジターに対する制限は設けられていない。

入ってすぐに受付があった。受付といっても、単なるパネルだ。スロットにＩＤカードを入れて来訪目的を告げる。

壁の一部が横にスライドした。エレベータだ。あたしたちは、それに乗った。

四階に連れていかれた。

「グイシオン牧場にようこそ」

年配の女性が、エレベータの出口であたしたちを迎えた。オペレーターズ・ルームだった。部屋の奥へと進んだ。円筒形の建物だから、壁も丸くカーブしている。スクリーンが多い。しかし、人の姿は少ない。

「オペレーターは、わたしも含めて三人です」

女性が説明した。名前はアニタ。六十代の後半くらいだろうか。銀色の髪に褐色の肌。制服とおぼしき地味なデザインのスーツを着ている。

「ずいぶん少ないんですね」

ユリが言った。

「革命前から同じです」アニタは応えた。

「ここは、何も変わっていません。すべてが自動化されていて、あたしたちは、それをただ眺めているだけ。保守も管理もコンピュータがおこないます。だから、三人以上の職員は必要ないんです」

あたしたちは牧場の概要を簡単に教わった。

牧場にある施設は、厩舎と繁殖棟、それにたくさんの倉庫。それだけだという。どの施設も、管理センターからは何キロも離れている。それらの施設は。どれもが無人だ。雑用はハミングバードと呼ばれる小型のロボットが担当し、職員が現場に行くことは年に二度もないという。

「牧場の業務は、競走馬の生産です」アニタは、言葉をつづけた。

「テラから運ばれたゲノムデータをもとにコンピュータが血統を選び、能力を吟味し、遺伝子を組み替え、駿馬の子孫を増やしていく。競走馬は最先端バイオ技術の結晶といっていいでしょう。牧場はそのために存在し、それだけのために運営されています」

「外部の人の出入りはどうなってます？　訪問者の数とか」

あたしが訊いた。

「ほとんどありません」アニタは首を横に振った。

「馬を移送するときだけですね。本庁の係官がここにくるのは。それも、革命以後はめっきり減りました。きっと競馬どころではないんでしょう」

ふむふむ。

あたしは小さくうなずき、周囲を見まわした。数百面はあろうかと思われるスクリーンだが、そのほとんどがブラックアウトしている。何かが映っているのは、一割にも満たない。男性職員がふたり、シートに腰をおろしている。いかにも退屈そうだ。かれらも若くはない。年齢はアニタと似たり寄ったりだ。他の惑星なら、とっくに年金生活に入っている。

「あのう」ユリがアニタの前に進んだ。

「繁殖棟を拝見したいんですが、よろしいでしょうか？」

わずかに首を傾け、相手を覗きこむように見る。いつもながら、うまい。ユリにこういう表情をされると、誰でも懐柔される。依頼をむげに断ることができなくなる。

「ここ以外の施設は立ち入り禁止なんですよ」

アニタが言った。

「でも、ＷＷＷＡの捜査なんです」あたしはＩＤカードを取りだし、指先でひらひらと振った。

「任務遂行に関するあらゆる活動に対して便宜をはかる。革命評議会は、あたしたちにそう約束したんです」

これは嘘ではない。事実だ。もっとも、いまのあたしたちの行動が革命評議会の提訴に即したものであるかはちょっと微妙。確認をとられたら、少しやばいことになる。

「わかりました」しかし、アニタはあたしの言をあっさりと信じた。

「そういうことでしたら、許可をだしましょう」

コンソールに歩み寄り、ホログラムキーを叩いた。施設全体のセキュリティを一時的に切った。

「どうぞ、ご自由にお調べください」

あたしたちに向き直った。

18

いま一度、エアバイクで牧場を横切った。

繁殖棟は平たいドーム状の建物だった。銀色の外壁が、陽光を鈍く反射している。直径は三百メートルくらいだろうか。巨大な施設である。ユリは「きっと、中に調教用のコースがつくってあるのよ」と言っていたが、あたしは信じていない。

ドームの正面にまわった。そこに大きな入口がある。センサーがあたしたちを認識したらしく、入口の扉が左右に割れ、すうっとスライドした。

エアバイクのまま、あたしたちは入口をくぐった。こんな広いとこ、とても歩いて調べる気にはならない。

短い通路を抜けた。と同時に、視界がひらけた。トンネルをでたら、そこは広大な原野だった。そんな感じである。実際は、ぜんぜん違うんだけど。

「工場みたいね」

ユリのエアバイクが、あたしを追い抜いた。あたしたちは速足程度の速度で移動している。時速十キロ以下だ。

眼下にばかでかい機械や装置やらがびっしりと並んでいる。

眼下。——そう。あたしたちの目の下だ。ドームの内部は、けっこう深く掘りこまれている。あたしたちがいるのは、その上にかけられた橋のようになっているキャットウォークの一本だ。中二階とでもいおうか。こういう通路が無数にある。立ち並ぶプラントのあいだを蜘蛛の巣のように走っている。当然だが、競馬のコースはない。

「工場なのよ」あたしはユリに応えた。

「競走馬の製造工場。量産はしないカスタムメイド専門の」

「馬なんて、どこにもいないわ」

ユリがきょろきょろと首をめぐらした。

いるわけがない。これはＤＮＡの工場だ。優れた競走馬が産まれるまでの試行錯誤をする場所だ。

とりあえずボケ女は無視することにした。あたしは独自に工場内部を徹底探索する。ユリと別れ、プラントの中にひとりでもぐりこむ。

もっとも、これは予定どおりの行動だ。最初から、ユリはソフト、あたしはハードを担当することになっている。

エアバイクが、キャットウォークの上で躍りあがった。手摺りを飛び越え、一気に高度を下げた。

あっという間に、ドームの最下層に到達した。タンクが多い。主要な装置は、みなその中に納められていて、空間的に外部とは遮断されている。この大規模な工場は、そのほとんどが、この二重構造によるものだ。言ってみれば、あげ底のパッケージと同じである。

あたしは巧みにエアバイクを操り、要所要所にマイクロロボットを撃ちこんでいった。マイクロロボットは直径数ミリの自走式測定装置である。適当な位置に置いてやれば、自分で目標を探し、そこに行って電波や電流の流れをチェックする。搭載されているプログラムによっては、装置ひとつの構造を一体のマイクロロボットで調べつくすことも不可能ではない。

あたしが使っているのは、通称を〝ポーチュン〟という六脚の昆虫型マイクロロボットだ。これをプラント全体で、二百個ほどばらまいた。

結果があたしのもとに届きはじめた。まだ、ばらまいている最中だった。エアバイクのハンドル中央にある表示パネルに、数字がつぎつぎと浮かびあがってくる。あたしはポーチュンを放り投げつつ、その一方で届いた数値の解析もしなくてはならなくなった。ああ、忙しい。

超特急でデータを処理した。喜ばしいことに、収穫があった。

エネルギーを大量消費している場所がある。このプラント以外に。

ここにあるいくつかの装置はダミーだ。稼働しているように見えるが、実は何もしていない。かわりにそこで用いられるはずの資材や動力をどこかに送りこんでいる。

あたしは、その流れを追った。

エアバイクでプラントの奥へと分け入っていく。複雑に入り組んだ装置の隙間がやけに狭くなった。それでもかまわずに、むりやり進んだ。

「ケイ、わかったわよ」

とつぜん通信機からユリの声が飛びだした。

「何が？」

「もうひとつのプラント。たぶん、この下に存在している」

やっぱりね。あたしはガッツポーズをつくった。

ユリはシステムへのハッキングを受け持った。適当な端末を見つけ、そこにエアバイクのコンピュータをつなぐ。でもって、システムの記録の中から、ここで費やされているエネルギーのデータを抜きだす。その総量と、この牧場に供給されているエネルギーの総量とを比較し、工場に運びこまれている薬品や資材の数値も余さず拾う。両者の数値に誤差がはっきりとでていたら、オッケイだ。今度はその行方を探る。データの山をさらにひっくり返して移動先を突きとめる。

結果がでた。地下に秘密プラントがある。エネルギーは、そこで消費されている。

問題は、どうやったらそのプラントに侵入できるかだ。所在が判明しただけでは、何もできない。

あたしの出番だ。

「こっちも見つけちゃったわ」あたしは通信機に口もとを寄せた。

「そのプラントへの入口。いま目の前にあるのがそうじゃないかしら」

「ほんと?」ユリがあわてた。

「すぐに行く。発信、切らないでね」

珍しく、言葉どおりにユリが動いた。とにかく速い。数分で姿を見せた。エアバイクに乗っているくせに、ぜいぜいと肩で息をしながら。

「入口って、これなの?」

しかし、ようやく呼吸が整い、声がでるようになったユリは、唇をとがらせてあたしに文句を言った。

あたしたちの前にあるのは、ただの壁だった。合金ののっぺりとしたパネルである。何をどうしたって、ひらいたり、スライドしたりはしそうにない。

「ひらかないのなら、あけちゃえばいいのよ」

あたしはエアバイクのカーゴスペースから、折畳式のバズーカ砲を引きずりだした。

「また、それなのぉ」ユリの眉間に縦じわが寄った。

「管理センターのアニタが噴火しちゃうわよ」

「大丈夫」あたしはにっと笑った。

「見てわかるでしょ。ここには監視カメラがないの。それで、ぴんときたわ。管理センターは膨大な数のモニターを与えられて、施設のすべてをモニターしていると思いこんでいるけど、実際はそうじゃない。適当に死角がつくってある。その死角が、重要な意味を持っていた」

「訊問されても、職員は知らない。だから、誰にも発見できない。そういうことなのね」

「でも、あたしたちには通じなかった。絶対にここが怪しいと確信しているあたしたちには」

「執念の勝利かしら」

「なんとでも言って」

あたしはバズーカ砲を組み立てて、構えた。照準をセットし、トリガーボタンに指を添えた。

発射！

一発で十分だった。この壁をつくった誰かも、こういうことをやるやつがいるとは考えていなかったのだろう。パネルは、意外にもろかった。あっさりと吹き飛び、大穴があいた。みごとな入口である。だが、エアバイクを通すのには、少し直径が足りない。

仕方がないので、エアバイクから降りた。

あたしとユリは、穴をくぐった。

その向こう側は……。

行き止まりだ。

と、思ったら。

床の上に立ったとたんに、いきなり動きだした。なんの前ぶれもなく、からだが浮いた。

そんな感覚をおぼえた。

降下している。

エレベータだ。これ。三方の壁が消えた。あたしたちが立っている床だけになった。それが、かなりの速度で地下に降りていく。

だだっ広い空間が、眼前にせりあがってきた。あたしたちの背後には壁が残っているが、それ以外はみごとな吹きぬけだ。視界はまあまあ。薄暮よりは、もう少し明るいかなという感じ。光が淡い。

ユリがセンサーカードを取りだし、簡易チェックをおこなった。

赤外線と超音波の探査。電磁波も測定する。しかし、何をしても反応がない。シールド素材が使用されていて、みんな壁に吸収されてしまう。

思ったとおりだ。あたしはうなずいた。リモート・センシングでは、ここは発見できない。牧場の地下に遺産を隠したアリエフ元大統領の、これは鮮やかな作戦勝ちである。

エレベータが停まった。

通路が正面にまっすぐ伸びている。その左右はガラスのパネル張りだ。まるで、どっかの商店街のアーケードみたい。

「ん？」

音が聞こえた。かすかなハム音だった。何かが小さくうなっている。

首をめぐらした。頭上に黒い影があった。円筒形のボディに二枚の翼。ちょっとだけ鳥に似ている。すごく不細工だけど。

「ハミングバードだわ」

ユリが言った。

浮遊型の小型ロボットだ。一基ではない。一ダースくらいいる。

「牧場御用達の汎用タイプって雰囲気じゃないわね」あたしは瞳を凝らした。

「みんな軍用。火器でばっちりと武装している」

「あたしたちがゲストだってこと、わからないのかしら」

ユリがレイガンを取りだした。セイフティをさりげなく外した。

「躾が悪いのよ」

あたしもバズーカ砲を構えた。

「教えてあげましょ」低い声で言った。

「お客様のもてなし方」

19

あたしたちは通路を進んでいる。

まっすぐの一本道だと思っていたら、そうではなかった。まるで迷路のように枝道が分かれていた。

ハミングバードの群れは、あっという間に片づけてしまった。見つからないということに絶対の自信を持っていたのだろう。防衛システムは、恐ろしく弱い。もしかしたら、この中で大型の火器を使うことへの危惧もあったのかもしれない。たしかにあたしのバズーカ砲は、ガラスのパネルを少し砕き、ついでに装置の一部もちょっとだけ撃ちぬいてしまった。でも、緊急警報なんかは発動されていなかったから、それほど重要な装置ではなかったのだろう。たぶん。

前進しながら、あたしたちはパネルの向こう側にあるプラントをじっくりと観察した。

素人でも一瞥すればわかるそれは、まごうことなきバイオ・ファクトリーだ。つまり、クローン生物の製造工場である。人工子宮とおぼしき容器の中には、人工羊水が満たされており、そこには異形の生物が無気味に蠢いている。それも、ふつうの生物ではない。まだ成長しきっていないのが多いから判然とはしないが、輪郭が確認できるものは、ものすごい猛獣ばかりだ。有毒昆虫と思われるものもいくつかあった。

「とんでもない遺産ね」

目を丸くして、ユリが言った。

「銀河中からDNAやゲノムデータを掻き集めてきたって感じがする」あたしはうなずいた。「テラやアムニールの原生生物ってのは、ひとつもないいんじゃないかしら」

二十世紀の末に確立された非受精卵によるクローニング技術は、主に闇の世界で発展を遂げてきた。

当時、その研究の持つリスクに懸念を抱いた国家や共同体組織は、クローニング技術の人間への応用や、研究範囲の規制をつぎつぎと表明した。この技術は、競走馬の改良などに用いられているものとは根本的に異なる。未知の生物、常識を凌駕した生物をも生みだすことが可能な、神の領域の技である。

しかし、誰がどのような形で禁止事項を設けても、それらの研究や実験を止めることはできなかった。あらゆる技術は「できる」とわかった時点で、すべてがオープンになる。研究者をがんじがらめに縛っていた〝これまでの常識〟という枷が外れ、一気に開発が加速される。ワープ機関がそうだった。理論が完成してから、実際の可動モデルが生産されるまでには半年を必要としなかった。

結局、いくつかの悪意を秘めた国家の元首たちが研究を推進させた。動物のクローニングは、またたく間に普及していった。

もっとも、かれらもこの研究には多少の畏怖を感じていたようだ。怪しげな生物は少なからずつくりだされたが、同じ顔、同じ体格の兵士だけで構成されたおぞましい軍隊というのは、さすがに出現しなかった。

二一三九年現在、銀河連合は、その加盟国に対してクローニング技術の軍事利用のみを完全に禁止している。ほかにも制限事項はいろいろとあるが、全面禁止は軍事利用だけである。開発抑制は無理でも、戦争に使われることだけは何があっても防ごうという、極めて現実的な対応だ。現状に鑑みても、このあたりが限界であろう。

ところが、アムニールのアリエフ元大統領は、その協約を破った。

いま、あたしたちの目の前にあるのは、どうみても平和利用のプラントではない。民需のための技術開発でもない。この生物は兵器だ。人を殺し、国を滅ぼそうとする意図を持った凶悪な怪物だ。ここは、それを量産するための一大工場である。

あちこちと迷いながら歩きまわっているうちに、端末の置かれた制御ルームのような部屋に、あたしたちは行きあたった。

扉をレイガンで灼き切り、中に入った。

小さなコンソールデスクにシートがふたつ。

「点検用じゃないかしら」

ユリがさっそくシートのひとつに腰を置いた。正面には、例によってスクリーンパネルがある。

ホログラムキーを呼びだし、ユリはいきなりシステムへの侵入をはかった。黄金宮にあったのとほとんど同じシステムだから、手慣れたものだ。一分と経たないうちに、メニュー画面へとたどりついてしまった。

画面に小さな妖精の絵と〈小鬼《ゴブリン》〉の文字が色鮮やかに浮かびあがる。異形の妖精が試験管の中から這いでようとしている怪しげな図柄だ。

「なるほどね」

あたしはうなずいた。「小鬼作戦」。完璧に隠蔽されてきたけど、名称だけは外に漏れでていた。

ユリが作戦の詳細を呼びだした。

じっくりと読む。

予想はおおむね当たっていた。ここにあるのは、違法輸入された生物や銀河系中の研究所から盗みだされた生物のＤＮＡ、もしくはそのゲノムデータばかりだ。それらをもとに、クローニング技術でオリジナルと寸分たがわぬ生物を再生させた。

地球を離れ、銀河系にあまねく進出した人類は、高度な知的生命体にこそ出会わなかったが、それでもさまざまな生物たちと遭遇してきた。原始的なアメーバから、太古の恐竜に匹敵するような怪物まで、多種多様な生物が、多くの惑星に生息していた。毒息の一吹きで、十万人単位の人びとを殺してしまう愛らしい小鳥とか、体長一センチにも満たない食肉昆虫の大群とか、あたしもけっこういろいろと知っている。

それらの生物は、植民しようとする人類にとっては、厄介な敵となった。勝手によその星にきておいて外敵扱いされるのだから、原生生物にとってははたまった話ではないが、こういったエゴイズムこそが人類をここまで繁栄させてきた原動力である。むげに否定はできない。

とりあえず、人類は、それらの生物を絶滅に追いこむことだけは避けた。かわりに生息地域を限定し、厳重な保護下に置いた。どうしても、手に負えない連中については、DNAを保存した（生きたままでは、どうやっても捕獲できないくらい狂暴な化物や、未知の細菌、ウイルスなんていうのも山のように存在しているのだ。宇宙ってのは、そのくらいすごいとこなのである）。ゲノムデータも、銀河連合の中央コンピュータに登録した。

アリエフは裏の組織を使い、それらの生物のDNAやゲノムデータを手あたり次第に掻き集めた。自分の正体を隠し、代理人を通じての闇の依頼である。金に糸目はつけない。手段も問わない。とにかくブツを持ってきてほしい。そう呼びかけた。

「すっごいところからDNAを盗んでる」ユリがスクリーンを指差した。

「銀河連合付属の生物学総合研究所の管理センター。ここって、たしか連合宇宙軍の基地の中にあって、大艦隊が四六時中、厳戒体制に入ってるってことで知られている施設よ」

だから、なんだというの？　あたしは驚かなかった。闇の組織なら、それくらい平然とやってのける。

ため息をつきつつ、ユリがキーを叩いた。画面が変わった。文字データが消えて、再生プラントの映像になった。チューブがずらりと並んでいる。ガラスパネルの向こう側にあった人工子宮と同じものだ。違うのは、これが異様に大きいことである。直径は数メートル。高さは軽く十メートルを超えている。

「これは？」

あたしはユリに訊いた。

「はっきりしないけど」ユリは必死でデータをチェックしている。「再生した生物を、意のままに操れるようにするための装置みたい」

「嘘でしょ！」

あたしの声が高くなった。今度は驚いた。

「嘘じゃないわ」ユリは首を横に振った。「だって、それができなきゃ、こんなのいくらつくりだしたって、兵器にならないもの。うん、それどころか、ペットとして飼うことだって不可能だわ」

たしかに。

ユリの言うとおりだ。こういう剣呑な生物は、その行動を完全にコントロールできない限り、なんの役にも立たない。へたをすると、生みだした本人が食われてしまう。あるいは、ずたずたに引き裂かれてしまう。

「冬眠状態で成長させ、そのあいだに少しずつ脳細胞に擬似記憶を植えつけていくという方法を採ったのね。面倒で、時間もかかるけど、確実という点では、どのアプローチよりもポイントが高いわ」

ユリが言った。

うーむ。

あたしはうなった。

感心してしまう。アリエフは、みごとに作戦を組み立てた。

こういうことは、秘密を保つのがむずかしい。極秘の計画は、それに関わる人間が増えれば増えるほど、極秘ではなくなっていく。人の口に戸は立てられない。王様の耳はロバの耳である。

アリエフは、最少の人員で最大の効果をあげられるように、段取りを決めた。

闇のバイオ工場は、公開されているバイオ工場である牧場の施設の地下に建設した。工場自体の運営も完全自動化し、常駐者を置かなかった。研究者は各地に分散させ、作戦の全貌を教えることなく利用した。たぶん、ここのシステムは首都にある大統領府のそれに直結されていたはずだ。その接続は、革命勃発と同時に断ち切られた。作戦の名称だけ、一部の幹部の知るところになっていたが、それはたいしたことではなかった。

しかし、この作戦にも弱点があった。すべてを自動化していたために、セキュリティが甘くなったのだ。現に、あたしたちはこうやって工場の内部に入りこみ、システムにアクセスしている。ハミングバードによる防衛網も、情ないほどに貧弱だった。

「ここで生まれた再生生物の何体かは、もう最後の仕上げの段階に至っているわ」ユリが言葉をつづけた。

「あとは指揮官が誰であるかを認識させるだけ。それを脳細胞に記憶として焼きつければ、どんな怪物でも、その指揮官の命令に従うようになる。おすわりも、お手も、待ても、ぜーんぶオッケイ」

「軍用犬並みの忠実なバイオ怪獣戦士になるのね」

「そういうこと」

これはもう、まじに立派な遺産である。その価値は、はかりしれない。手に入れた者がうまく扱えば、銀河系の制覇も夢ではない。宇宙開発史をひもとけばわかるが、たった数頭の生物のために、居住者が全滅させられた植民星がいくつあったことか。たぶん、両手の指では足りないはずだ。

「まずいわね」あたしはつぶやくように言った。

「これを革命評議会に渡すの。息子たちなんて、もちろん言うまでもないわ。何があっても銀河連合に報告し、その処置を連合の決議に委ねるべき施設よ、これ」

「データをまるごとコピーしちゃいましょ。ここに納められているものを根こそぎ」ユリはメモリカードを取りだし、それをコンソールのスロットに挿入した。

「システム内部の情報は、そのあとで完全に消えちゃうの」

「予期せぬ誤作動ってやつね」あたしは薄く笑った。

「なぜか、そのときだけセキュリティが働いて、奪われようとしているデータを自動的に破壊した」

「よくあることよ」ユリは小さく肩をそびやかした。

「そういう不幸な事故」

20

コピーには時間がかかる。ディスクは親指の爪くらいのサイズだが、容量はすごく大きい。たぶん、ここのデータなら、一枚に全部入ってしまう。しかし、コピーする時間は加速できない。これはもう、ただひたすら終わるのを待つしかない。

そのあいだに、ユリがカメラの制御をはじめた。

バイオ工場の見学である。どういう施設なのかをじっくりと眺めてみることにした。

手あたり次第、アクセス可能なカメラに回線をつないだ。

映像は、ほとんどがプラントだった。殺風景な画面ばかりである。制御関係の設備が、まったくといっていいほど見当たらない。しみじみと人間を排除した施設であることがわかる。

「外も見られるわ」

ユリが言った。ホログラムキーを打った。

スクリーンの右端に、繁殖棟の外観が映った。銀色のドームの一部が画面を覆っている。草原を仕切るフェンスにでもはめこまれたカメラの映像だろうか。

ユリは、ひらいた画面をつぎつぎとスクリーンの隅に貼りつけていった。内部も外部もごっちゃである。どれがどこの風景なのか、まるでわからなくなった。

とつぜん。

あたしの真正面に、少し毛色の違う映像が広がった。

お珍しや。これは明らかに制御ルームである。コンソールデスクに、簡素なデザインのスツール。配置は、いまあたしたちがいる部屋のそれによく似ているが、壁のまわりが大きく異なる。意味不明の装置らしきものが壁面や天井をびっしりと埋めつくしている。

「どこ?」

あたしはユリに訊いた。

「例のシステムよ」データを読んで、ユリが答えた。

「再生生物に記憶を焼きこむってやつ」

ああ、そうか。あたしは心の中でぽんと手を叩いた。これが、それをやるための専用ルームなんだ。

「こっちがその対象生物」

新しい画面が、制御ルームの画面の上に重なった。またプラントの映像だ。すっかりお馴染みになってしまった人工子宮の透明チューブが並んでいる。

チューブには、でっかい文字が描かれていた。「M、U、ハイフン、G……」そのあとは、なんだろう? 縦棒があるように見えるが、カメラの位置が悪くて、読みとることができない。「MU-GI」かな。もしかしたら、再生されている生物の名前かもしれない。黒い生き物だ。体長は人間のおとなくらい？　からだを丸めている。細部は完全に不明。ぜんぜんわからない。

「ユリ、カメラを動かしてよ」

あたしは、そう言おうとした。

でも、言えなかった。

異常が発生したから。

スクリーンにひらいていた画面のいくつかが、いきなりブラックアウトした。

同時に、振動を感じた。すっごく微妙な振動だった。床がかすかに揺れている。

「な、なんなの？」

あたしは少しあせった。

「おかしいわ」

ユリがキーを叩く。

「あっ！」

声をあげた。

スクリーンの映像が一変した。子画面が一掃され、大きな一画面に変わった。

地上だ。緑の草原が映った。カメラがあわただしく動いている。アングルが定まらない。

「あっ！」

今度は、あたしが声をあげた。何かが見えた。はっきりしなかったけど。あれは——。

カメラが停止した。画面が固定された。その真ん中に小さな点のようなものがたくさん映っている。

エアカーだ。ものすごくたくさんいる。こっちに向かって疾駆してくる。

画面が増えた。ユリがようやく生きている回線を見つけ、そこにアクセスした。

画面のひとつに、繁殖棟の正面扉が映しだされた。そこに数台のエアカーが停止している。

周囲には人影も見える。

武装した兵士だ。ひとりやふたりではない。十人単位で散開している。

「息子さんたちだわ」

ユリが言った。

そのとおりだった。

べつに〝皇帝の息子たち〟という看板をぶらさげているわけではないが、あたしたちには一目でわかる。黒い戦闘服に身を包み、大型の火器を手にしてきびきびと動きまわるかれらは、間違いなく息子たちだ。

「なんでぇ！」あたしは甲高く叫んだ。

「どうして、あいつらがここにきちゃうの？」

エアカーがつぎつぎと停まった。中から息子たちが陸続とでてきた。ひとりの男が繁殖棟の前に立って、指揮をとっている。素早く命令を下し、兵士を的確に配備している。

ユリが、その男の姿をアップにした。いかつい体形。背が高く、肩幅が広い。短く刈りあげた栗色の髪に、眼光の鋭いまなざし。角張ったあごは、強い意志と不屈の闘志の持主であることをあたかも喧伝しているかのよう。この圧倒的な雰囲気、あたしは目のあたりにしたことがある。

トム（仮名）だ。

直感した。

こいつはトムだ。生きていたんだ。

「！」

背すじがざわついた。あたしは、状況を理解した。

トムは、あの画面を見たんだ。黄金宮のコントロール・ルーム。そこのスクリーンに映しだされていた牧場の映像とデータ一覧。

あれを見れば、誰だって連想する。このふたり（あたしたちよ）は何かを知った。そして、そのデータをここで検索した。

ああいうところで「何か」と言ったら、それはもうひとつしかない。

独裁者の遺産だ。

そのことを察したトムは、いったんスペースコロニーから脱出した。あとでわかったのだが、黄金宮には瓦礫に擬装した宇宙機が用意してあった。その中にひそみ、黄金宮にこもっていた息子たちは、ゆっくりとあの宙域から離れた。仲間の宇宙船に回収され、地上に降り立った。

「ケイ！」

ユリがあたしを呼んだ。おもてをあげると、ユリが画面のひとつを指差している。

そこには管理センターが映っていた。アニタのいた円筒形のタワーだ。

そのタワーの上半分が消滅していた。破壊され、黒煙がたなびいていた。

「なんてこと、するの！」

あたしの頭に血が昇った。

「ざっと四十人」ユリが言った。

「アムニールに隠れていた息子さんたちが、ここに勢揃いしちゃったんじゃないかしら」

「ちょっと待って！」あたしはユリの言葉を制した。

「また何か、おかしなものが映っている」

崩壊した管理タワーのさらに向こう側だった。青空が広がっている。白い雲がたなびき、雪をいただいた山なみが地平線を鋸状に飾る。

山なみの上に、しみが浮かんでいた。青空を汚すオリーブドラブのしみ。

VTOL。垂直離着陸機だ。

「息子たちの援軍よ」硬い声で、ユリが言った。

「たぶん」

しみが分裂した。それどころか、増殖までした。数十機のVTOLになった。

「こんなにいたの？　あいつら」あたしの頬がひきつった。

「革命評議会は、なにしてたのよ。息子たちをみーんな野放しにしていたんじゃない？」

ＶＴＯＬが牧場の上空にきた。機体の側面扉がひらき、そこからわらわらと兵士がでてきた。背中にハンディフライヤーを装着している。バックパックタイプのロケット・ユニットだ。噴射させ、一気に降下する。

軽やかな電子音が鳴った。

あたしの手首からだった。通信が入っている。〈ラブリーエンゼル〉のエルちゃんから。このくそたいへんなときに。

「攻撃されています」

抑揚のない合成音が、陰々と響いた。

「あんですって？」

「革命軍が本船を包囲して攻撃をしかけてきました。ただいま応戦中です」

「革命軍！」

あたしは通信機からケーブルを引きずりだし、それをコンソールデスクのコネクターに挿しこんだ。

スクリーンに〈ラブリーエンゼル〉から送られてきた映像が映しだされた。

うっひゃあ！

ひっくり返りそうになった。〈ラブリーエンゼル〉を取り囲んでいるのは、さっきＶＴＯＬからハンディフライヤーで降下してきた大量の兵士たちではないか。

「まいったわね」ユリが頭をかかえた。

「本当に革命軍の兵隊さんよ」

ユリは画面の一角をズームアップさせた。ひとりの兵士の顔が大写しになった。

「げっ！」

知っている。この顔。ものすごくよく知っている。

キンスキー少尉だ。

「結局、息子たちと革命評議会、両方にマークされていたのね」

あたしはため息をついた。

「堂々と動けば、逆に誰も怪しまないと思っていたのにい」

ユリが身をよじる。

「どうしましょう？」

エルが指示を仰いできた。どうしましょうって、もう反撃してるじゃない。

「いいわよ。ぶっ飛ばしちゃって」

あたしは言った。

「了解」

「息子さんたちは？」

通信機のケーブルを抜き、あたしはユリに向き直った。

「革命軍と戦ってる」

ユリはあごをしゃくった。

「ずいぶん、数に差があるみたいね」

両者の勢力を比較した。革命軍は二百人くらいの部隊だ。ざっと五倍ってところ。でも、戦闘のうまさは息子たちのほうが百枚くらい上手《うわて》。人数が十倍になっても、革命軍が勝つのはむずかしい。

光線火器を乱射しながら、革命軍がいっせいに攻撃をかけた。それを息子たちが迎え撃った。きれいに散らばり、狙いを狂わせて、その隙を衝く。革命軍兵士たちが、ばたばたと殪れた。

「いいわね、この動き」あたしはつぶやいた。

「動線を集中させて、相手を一網打尽にする。最高の戦術だわ」

評論家になってしまった。それどころじゃないのに。

息子たちが反転した。ユリがカメラを操り、その動きを追う。ドームが映った。中に入る。なんか見慣れた場所だ。せまいプラントのあいだを息子たちが集団で走りぬけていく。

あらら。こいつらってば、しっかりと地下のバイオ工場へと向かっている。つまり、ここにくる気でいる。

それは、まずい。すごく、まずい。革命軍も息子たちも、つぎの目標はあたしたちだ。ここにきちゃったら、最悪の状況に陥る。地上で共倒れになってほしい。

「ユリ、コピーは?」

あたしはユリに訊いた。

「いま終わるとこ」

「じゃあ、さっさと逃げちゃおう」

あたしはきびすをめぐらした。

「だめ！」

ユリの声が、凜と響いた。

「へ？」

あたしはきょとんとなった。

「まだお仕事が残っているの」低い声で、ユリはつづけた。

「それもすごく重要なことが」

21

本当に重要なお仕事だった。

あたしたちは、あせって制御ルームから離れた。通路を駆けぬけ、超特急で場所を移した。

着いたところは。

調教室である。

要するに、もうひとつの制御ルームだ。再生生物に、主人の存在を認識させるためのシステムを備えた部屋。とりあえず名称がないと話に困るから、調教室と命名した。あたしは洗脳室にしたかったのだが、ユリにださいと言われてしまった。

部屋に入ってすぐに、ユリがシステムをいじりはじめた。シートに腰を置き、ホログラムキーを盛大に叩く。最初にやるのは、スクリーンにあちこちの映像を貼りつけることだ。あたしたちは、ここにくるのに三十分ほど時間を使ってしまった。そのあいだにどれくらい状況が変化したかを確認しなくてはいけない。メインシステムを消去しちゃったから、いまではここでしか映像回線にアクセスができない。しかも、ユリの持っているデータ・ディスクが要る。

画面がスクリーンにいくつか並んだ。

うーん。

うなってしまう。

がっかりした。まだ息子たちと革命軍との戦闘がつづいている。外は完全に膠着状態だ。どちらも、全滅にはほど遠い。

繁殖棟の内部を見た。さらに力が抜けた。侵入してきた息子たちの一隊が、もう地下工場にまで降りてきている。あたしたちには、ほとんど時間の余裕がない。ここも、すぐに発見されるだろう。

「コピー、間に合わないわ」

ユリが言った。

「どうする？」

あたしは訊いた。

「ここは、地下工場の行き止まり。いま、なんとかしないと逃げ場がなくなる。打つ手はふたつしかないわね」

「ひとつは？」

「何もしないで、さっさと逃げる」

「もうひとつは？」

「味方を増やす」

「これよ」

ユリの指がキーを弾いた。スクリーンに巨大なチューブの映像が加わった。

文字が描かれている人工子宮だ。MUなんとかってやつ。同じカメラを使っているから、アングルもさっき見たときとぜんぜん変わっていない。MU－G……Iだね、これは。絶対に間違いない。名前が記されている。

「どういう生物かはデータにもでていないけど」ユリが言葉を継いだ。

「これはたぶん、ものすごい猛獣よ。あたしの勘がそう言っている」

「こいつをあたしたちの味方にするっていうの？」

「この個体は、擬似記憶注入の最終段階に入っているわ」

「少しずつ植えつけてきたっていうあれでしょ」

あれとはつまり、再生生物の調教システムのことだ。

「この段階で、あたしとケイのデータを一気に対象生物の脳細胞に流しこんだら、どうなると思う？」

「まさか、あたしたちをご主人様として認識しちゃうとか」

「その〝まさか〟ね」ユリはうなずいた。

「生物は目覚め、あたしたちの意思に従う。強いわよ。息子たちなんか相手にならない。きっと暴れまくってくれるわ」

「なんですって？」

「そうじゃなかったら？」

「運がなかったのね。よくあることよ。珍しくないわ」

う、やっぱり。

「あたし、やる」ユリはきっぱりと言いきった。

「記憶を焼きこんで、システムを廃棄する。それくらいの時間なら、なんとかなる」

ユリの視線が、息子たちが映っている画面に移動した。動きが速い。迷路のような通路ばかりなのに、すごく的確にあたしたちのあとを追ってくる。

「わあったわ」つぶやくように、あたしは言った。

「付き合う。あんたの切札に」

「オッケイ」

ユリは、作業を開始した。

あたしはその背後に立ち、息子たちの動向を観察する。ついでに、その実況中継もする。時間との勝負だ。あいつらがここに到達するまでに、すべてのプログラムを完了していなくてはいけない。

「制御ルームを息子たちが見つけたわ」あたしは言った。

「あたしたちがいたところ。いまシステムが消されていることを確認した。怒っているわね。レイガンでコンソールを灼いている」

「ケイ！」

いきなり、ユリがあたしを呼んだ。

「なあに?」

「髪の毛、ちょうだい。それと、全身をスキャンさせてもらうわ」

「え?」

「データが要るのよ。DNAと身体の特徴」

「はあ」

「声もほしいわね。一声、叫んでちょうだい」

「はあ」

ユリに赤毛を一本、渡した。それをユリはコンソールのスリットに放りこんだ。装置が動きだし、マニピュレータが、あたしに向かって伸びてきた。青い光があたしのからだをスキャンする。なんか、こそばゆい。

ユリも、同じことをした。長い黒髪を投入して、肉体をスキャン。

「マイクに声を」

ユリが言った。

あたしはコンソールに顔を向け、大声を発した。

「ムギ!　あたしがボスよ。言うことをきくのよ!」

「なんなの?　それ」

ユリが首を傾けた。

「ムギ。あの黒い生物の名前。チューブに書いてあったでしょ。〝MU‐GI〟って。あれが、名前なの」

自信満々、あたしは断言した。根拠はないが、確信している。あれは名前以外の何ものでもない。

——と、思ったら。

大外れだった。後日の調査でわかった。あれは「MU‐G16」と書いてあった。「ミュータント‐G16」という意味のコードネームだった。〝1〟を〝I〟と見間違え、〝6〟は見えなかった。でも、知ったときは、すでに手遅れ。

記憶の注入がはじまった。

「はーい、あたしがユリちゃんよ」

ユリも、ぶりっ子まるだしの自分の声を吹きこんだ。

「急いで！」

あたしはユリに言った。息子たちが迫ってきている。もう本当に、すぐそこまで接近している。

作業が終わった。ユリがデータの消去に取りかかる。その一方で、人工子宮から羊水の排出もおこなう。忙しい。

消去完了。羊水も抜けた。チューブが空になった。その底にムギが横たわっている。動け、ムギ。立て。立つんだ、ムギ！

動かなかった。

立つどころか、微動だにしなかった。

ねえちょっと、どういうこと？　もしかして、これ大失敗なの？

通路の画面に、息子の顔が大写しになった。この通路は、いまあたしたちがいる制御ルームから、三十メートルくらいしか離れていない。目と鼻の先だ。

先頭に立っている男の顔を、あたしは見た。トム（仮名）だ。引き連れている息子たちは十人前後。

「だめだわ」

ユリがシートから立ちあがった。

「迎え撃つしかないのね」

あたしは言った。

「自殺と同義語って感じ」

「死中に活を求めるのよ」

「夢物語じゃない？」

「なんでもいいの！」

あたしはスリングで左肩にひっかけていたバズーカ砲を胸もとにまわし、グリップを握った。

「それ、使えないわよ」ユリが言う。

「この区画には動力室があるの。エネルギー・コンバータをへたにロケット弾でぶちぬいたら、ドームごと吹き飛んじゃうわ」

「ちっ」

あたしは舌打ちした。バズーカ砲を背中に戻した。かわりに腰のホルスターからレイガンを抜いた。

調教室をでた。

通路の一角に場所を見つけた。壁が矩形にえぐられていて、身を隠すことができる。そこからの視界が、またひじょうにいい。通路をまっすぐにやってきたら、標的が丸見えになる。

通路には、仕掛けがしてあった。黄金宮のときほど大量ではないが、あたしたちはいつだってそれなりのものを用意してきている。ボタン爆弾と小型のセンサー。油断なんかしない。キャリア一年でも、ばりばりのトラコンである。ほとんど完璧よ。

あたしはレイガンを構え、片膝をついて、息子たちがくるのを待った。となりにいるユリはヒートガンを手にしている。

センサーに反応があった。

息子たちだ。まもなくあたしたちの正面に姿をあらわす。センサーの反応の変化で、移動速度がわかる。

タイミングをはかった。先手必勝。基本は不意打ち。だって、か弱い乙女ふたりが、五倍以上の数の戦闘プロフェッショナルと戦わなくちゃいけないのよ。

3・2・1。カウントダウンをする。

いまだ！

スイッチオン。

ぼんぼんぼんと軽やかな爆発音が響いた。わりとささやかな爆発だ。なんといっても動力室のエネルギー・コンバータが怖い。

悲鳴が聞こえた。絶叫が耳朶を打った。

あたしは床を蹴った。身を起こし、前に進んだ。ユリも一緒だ。ふたり同時に、武器をまっすぐ突きだした。

光条が錯綜した。

22

「ひいっ！」

あたしとユリは壁にからだを密着させた。お肌を、ビームが擦過する。甲高い音を立てて、ポリマー被膜が蒸発する。

撃たれたのは、あたしたちのほうだった。

先手どころではない。息子たちは、あたしたちが隠れ場所からでてくるのを待ち構えていた。

転がるように、あたしたちは壁のくぼみにもぐりこんだ。

「進歩のないトラコンだな」

声が響いた。言葉の端に、せせら笑いが混じっている。

トムの声だ。悪かったわね、進歩してなくて。ほっといてよ。

「最低だわ」ユリが文句を言った。

「ちょっとだけ粘っていれば、革命軍が追いついて混戦になり、そのどさくさにまぎれて逃げられると思ったのににい」

ちっちっちっ。それは、ちょっと読みが甘すぎるぜ。相棒。

とはいえ、あてが外れたと思ったのは、あたしも同じだった。やっぱりボタン爆弾をせこくしたのがまずかった。あれでは息子たちの動きを止めるどころか、かすり傷ひとつつけられない。なんといっても、はえぬきの殺人マシンの集団である。首を切り落としても動くといわれている連中だ。

「逃げ場、なくなっちゃった」

ユリが、あたしにセンサーの受信カードを見せた。おお、すごい。あらゆる通路から、息子たちがここに向かってきている。嘘いつわりなく、逃げ道は皆無だ。

「諦めて、データを渡せ」トムが言った。

「素直に渡したら、一発で殺してやる」

「ばか言わないで」あたしは言い返した。

「あたしたちとデータは一心同体よ。死んだら、データも消滅する。そういう仕掛けになってるわ」

「それはいい」トムが、また嗤った。

「裏切者の革命軍に渡すくらいなら、消え失せたほうがましだ。いかに偉大な遺産であろうとも」

いや、そんなことはない。やっぱり、偉大な遺産はあったほうがいいと思う。

「死ね！」

トムの命令が一閃した。

と同時に、息子たちの一斉射撃がはじまった。

「ひえええええ！」

あたしとユリは、ひしと抱き合った。もうだめ。これでおしまい。あたしたち、本当にここで死ぬ。絶対に助からない。

覚悟した。

そのときだった。

すさまじい轟音があたしたちの耳をつんざいた。床が突きあげられるように揺れ、空気がびりびりと震えた。

光線兵器だけではあきたらず、息子たちが強力な爆弾を使った。

あたしたちは、そう思った。が、そうではなかった。

壁が崩れた。通路の左側の壁だ。あたしたちが隠れている場所の向かい側。

破片が飛ぶ。白煙が舞いあがり、視界がほとんどゼロになる。

む、むちゃな連中だ。動力室があるってこと、知らないの？

そう思ったとき、あたしたちは気がついた。

攻撃が鎮まっている。ビームの嵐が途絶えている。

あたしは、おもてをあげた。薄れてきた煙の先に、ぽっかりとあいた壁の穴が見える。直径二メートルを超える大穴だ。

その穴の中から。

何かが飛びだしてきた。黒い影が、あたしの眼前をよぎった。

速い。輪郭すら確認できない。

けたたましい咆哮が響いた。地の底から湧きあがってくるような雄叫《おたけ》び。それは間違いなく猛獣のそれだ。聞くだけで、あたしの肌が粟立つ。

衝撃波がきた。なんで、こんなところで衝撃波が？　などと考えている余裕はない。痛烈なショックが、あたしとユリを激しく打った。

「あうっ」

叩きつけられるように、床に転がった。

どんどんどん。

爆発音が連続する。また、壁が崩れる。壁だけじゃない。天井も床も、軒並み破壊されていく。

絶叫がこだました。断末魔の悲鳴だ。息子たちの。

「ケイ！」ユリがあたしに向かってカードを突きだした。

「センサーの反応が消えてる」

あたしはカードを見た。たしかに、少なくとも一ダースはあった光点が、いまは三つくらいに減ってしまっている。

ということは。

逃げ道ができた。

「行こう、ユリ！」あたしは言った。

「こっちから抜けられる」

あたしは枝通路のひとつを指差した。さっきまでは、その通路の奥にも息子たちの反応があったのだが、いまはもう消失している。

あたしとユリは、全速力で走った。脇目も振らず、ただひたすらに足を動かした。惜しい。これがオリンピックなら、陸上のメダルは、ふたりで総なめである。銀河新記録達成も夢ではない。

エレベータに乗った。地上の工場に戻った。放置しておいたエアバイクが、息子たちによってスクラップに変えられている。頭にきたが、罵っているひまはない。さらに走った。

扉が見えた。歩調はゆるめない。ものには勢いというものがある。ここでためらったら、よくない。

外にでた。

陽光が、あたしたちを包んだ。目がくらむ。てのひらを額にかざし、正面を見る。

どうなってるの？　繁殖棟ドームの外は。

革命軍がいた。

あたしたちの真ん前に。

なんという偶然。キンスキー少尉と、その一隊である。どうやら、強引に息子たちの攻撃をかわし、ドームの中への突入をはかろうとしたところらしい。

あたしのからだが勝手に反応した。

バズーカ砲を構え、トリガーボタンに指を置いた。

撃った。狙いも定めず、とにかく三発ほどロケット弾を連射した。

「ケイ、こっち！」

ユリがあたしを呼んだ。

首をめぐらすと、一台のエアカーがあたしの背後に迫っている。息子たちが乗ってきたやつだ。それをユリがぱくってきた。いつもながら、こういうことだけユリは異様に早い。

あたしはエアカーに飛び乗った。助手席に転がりこんだ。ユリが加速をかける。とてつもない横Gを浴びた。あたしは上体を起こせない。

「〈ラブリーエンゼル〉よ！」シートの中でひっくり返ったまま、あたしは叫んだ。

「お船に乗れば、こっちのもの」

エアカーが急旋回した。進行方向がはっきりしない。エアカーのまわりには革命軍と息子たちがひしめいている。ドームの扉前は激戦地だった。そこにほこほこととでてきてしまったのだから、これはもうどうしようもない。

あたしのバズーカ砲連射にもめげず、キンスキーとその一隊がこっちにくる。反対側には、息子たちの一群もいる。

しかも。

あたしの目に、ドームの扉が映った。

そこから、誰かがでてくる。

誰かとは、つまりトムたちだ。顔を見れば、わかる。わずか三人だが、あの修羅場から脱出してきた。よせばいいのに、あたしたちを追ってきた。

前もだめ。うしろもだめ。もちろん、横もだめ。すべての位置に敵がいる。

エアカーがぐるぐるとまわった。一か所で旋回をつづけている。停まれば撃たれる。進んでも撃たれる。となると、もう渦でも巻いている以外に、やることがない。

絶体絶命だ。

さっきもそうだったが、今回もそうだ。エアカーにパワーがあれば百メートルくらい上昇して逃げるのだが、これはそういうタイプではない。目いっぱい飛んでも高度五メートルが限界である。

包囲網がせばまった。こっちの回転半径も、どんどん小さくなる。

「なんとかして!」天を睨み、あたしは怒鳴った。

「なんでもいいから、起きてよ。奇跡!」

真剣に祈った。

ひたすら祈った。

祈りは通じた。

奇跡が起きた。

とてつもない大爆発となって。

いきなり大地が鳴轟した。紅蓮の炎が噴出した。

ドームが吹き飛ぶ。丸屋根の半分が砕け散る。

繁殖棟だ。

地下のバイオ工場が爆発した。

爆風が吹きぬける。エアカーを激しくあおる。

転倒しそうになった。それを、ユリがノズル操作でむりやり押さえこんだ。火と煙がすごい。顔が熱くなる。息子たちや革命軍がどうなったかは、まったくわからない。

「なんなの？」

ユリが訊いた。

「動力室よ」あたしは答えた。

「きっと、誰かが動力室を撃っちゃったんだわ。もしかしたら、小型のミサイルかなんかを使ったかもしれない」

瓦礫が降ってきた。炎の塊も落ちてくる。ユリはその隙間をかいくぐり、エアカーを疾駆させる。大火災になった。そこらじゅうで火が燃えさかっている。

炎と煙が唐突に割れた。あたしたちの行手だった。

その中から、何かが出現した。

黒い肢体だ。漆黒の四肢が軽やかに伸び、ふわりと宙を舞う。

四足獣。全身が真っ黒。闇の色彩に彩られた一頭のけだものって感じ。あたしは瞳を凝らして、そいつを見た。

ネコ科に属しているのだろうか。外見は、テラ原産の〝黒豹〟とかいう動物に酷似している。（もっとも、黒豹なんてのは３Ｄ図鑑でしか見たことがないんだけど）。先端に吸盤のついた長い触手が二本、両肩に生えているのと、耳が巻きひげ状になっているのが、黒豹とはちょっと違うかな。体長は二メートル弱って感じ。長いしっぽも含めると、三メートルに近い。黄金の瞳がらんらんと輝き、あたしたちをまっすぐに見据えている。

ユリはエアカーの操縦レバーをひねった。黒豹（もどき？）をかわそうとした。大きく、エアカーがカーブを切る。向きを変えながら、加速する。

黒豹がきた。エアカーに並んだ。

ちょっと待って。

このエアカー、いま時速百キロ以上でぶっ飛んでいるのよ。それと一緒に走れるっていうの？

「みぎゃお」

黒豹が啼いた。吼えたのではない。啼いたのだ。ものすごく甘えた声で、走りながら。

あたしは黒豹を見た。黒豹も、あたしを見た。

目と目が合う。

もしかして！

「あんたがムギ？」

あたしは叫んだ。

23

失敗じゃなかった。調教操作。

「やっつけちゃって！」あたしは、さらに声を張りあげた。

「あたしたちを襲っている連中を、みんな蹴散らしちゃうの。ムギ！」

言葉が通じるかどうかなんて考えない。この猛獣は、あたしたちの子分だ。あたしたちがボスで、その命令に忠実に従う。そのはずだ。言葉が、なんであろうと。

ムギの表情が変わった。白い牙をごっそりと剝きだし、「がおう」と吼えた。すっごい迫力。あたしでも、ちょっと腰が引けちゃう。

兵士がきた。革命軍だ。ちょうど火災の炎が切れたところだった。もう牧場の中ほどに至っている。この兵士たちは〈ラブリーエンゼル〉を攻撃していた連中だろう。

あたしたちを見つけ、兵士たちはいっせいに武器を構えた。それはもう実に悪いタイミングだった。

ムギが理解した。ご主人様に危害を加えようとしているのはこいつらだ。そう察した（たぶん）。

いま一度、鋭く吼えて、ムギは兵士たちの包囲網の中へと躍りこんでいった。

黒い死神が、緑の牧草地を電光のごとく駆けぬけていく。

強い。

本気で感心した。この生物は、信じられないくらい強い。

あっという間だった。レーザーライフルのビームなんか、ムギはまったく気にかけなかった。片はしから兵士たちを薙ぎ倒した。血しぶきがあがる。悲鳴が交差する。うーむ、ちょっとすごすぎる光景だ。とってもスプラッタ。

甲高い金属音が聞こえた。どこからか、わからない。しかし、急速に大きくなる。耳がきいんと痛くなる。

上だ。

あたしは首をめぐらした。頭上を振り仰いだ。

革命軍の一団が、そこにいた。とりあえず、顔ぶれを確認した。

おお、またしてもキンスキー少尉がいる。あいつ、あたしたちにいたぶられたのを相当、根に持ってるわね。衛星軌道勤務の作戦将校のくせに、こうやって実戦にでてきたところに、その執念を感じる。

高度を下げてきた。ハンディフライヤーを背負っている。VTOLから降下したときに使っていたやつだ。ずうっと背負ったままで戦っていたのかしら。

あたしはレイガンを握り直した。ユリがエアカーをジグザグに走らせる。

通信が入った。キンスキーからだった。

「抵抗するな」高飛車に少尉は言う。

「遺産は革命軍が没収する」

「ざけんじゃないわ」あたしは言葉を返した。

「あたしたちは革命評議会の提訴を受けて、ここにきたの。そっちが頼んだから、がんばってあげた。なのに、その態度はなんなのよ？」

「迷惑だ。頼んでいないことまでやられては。アリエフの遺産はアムニール国民のもの。WWWAが介入することではない」

「それは、銀河連合が決めることね」

「うるさい！」

通信が切れた。

キンスキーがこっちに向かってくる。総勢で八人だ。横に広く散開した。どうやら、あいつらもあたしたちを殺してからデータを奪う気でいるらしい。

「ムギは？」

あたしはユリに訊いた。

「まだ、あっちで革命軍の相手をしてる。キンスキーまで手がまわりそうにない」

ものすごい早口で、ユリは答えた。

くっそう。

あたしは唇を嚙んだ。この状況、かなりやばいわ。

どうしよう。

バズーカ砲は使えなかった。撃っても当たらない。ただひたすらレイガンを連射するしかないが、それだと間違いなくこっちが不利だ。追いつめられて、ずたずたに灼かれてしまう。

と、そのとき。

あたしの瞳に新しい炎が映った。

それにつづいて黒煙が黒々と立ち昇る。しばらく遅れてから、どおんという爆発音が届く。

再爆発だ。

繁殖棟のドーム。残っていた屋根の半分が、こなごなになった。

施設全体が猛火に包まれていく。煙がすごい。そこかしこで誘爆している。

噴出する黒煙に混じって。

何かが蠢いていた。

煙そっくりだが、色が少しおかしい。緑っぽい帯状の筋だ。黒煙とは別行動をとっている。

もくもくと上昇するのではなく、湧きあがる煙の周囲を、ぐるぐるとめぐっているような感じ。なんか、自分の意思で動いているかのような雰囲気がある。

自分の意思？

もしかして、あれって生物じゃないの？

濃緑色の帯が、爆発を繰り返しているドームの上空からすうっと離れた。

急速に旋回し、方向を転じる。

狙いを定めた。こっちだ。あたしたちのほうに向かって、まっすぐに飛来してくる。

わあんというハム音に似たノイズが、あたしの耳朶を打った。

帯が直径数十メートルのボール状に姿を変えた。動きが速い。ぐんぐん近づいている。もう、それが細かい点の集合体であることが肉眼ではっきりと見てとれる。遠目だと、小さな雲みたいだ。異様に無気味な色だけど。

群れ？　昆虫？　バッタ？

上空にきた。そこにはハンディフライヤーで滑空しているキンスキーの一隊がいた。

キンスキーたちが謎の雲に呑みこまれた。

悲鳴がほとばしった。兵士が苦悶する。のたうち、暴れまわる。必死で雲の中から逃げだそうとしている。

火花が散った。ハンディフライヤーのどこかがショートした。推進力を失った。

落下する。兵士たちがつぎつぎと地上に落ちる。あたしたちの正面にも、一体が墜落した。ぐしゃっという、いやな音が聞こえた。

ユリがあわてて制動をかけた。急停止する。エアカーが横向きになった。

あたしは兵士を見た。地表に倒れ、絶命している。顔が青黒い。しかも無気味にふくれあがっている。でも、それが誰かはかろうじてわかる。

キンスキー少尉だ。作戦本部でデスクの前にすわっていればいいのに、のこのこと前線にでてきた。だから、こういう目に遭ってしまった。

エアカーが再発進した。あらためて、〈ラブリーエンゼル〉をめざす。

謎の雲があたしたちの頭上から去っていった。かまびすしかった羽音が、またたく間に小さくなった。ハンディフライヤーで飛びまわっていた革命軍の兵士たちは、もうどこにもいない。全滅した。みんな息絶え、骸《むくろ》となって地上に転がった。

「あれ、見た?」

ユリがあたしに訊いた。あれとは、濃緑色の雲を構成していた〃何か〃のことである。

「気のせいかもしれないけど」あたしは答えた。

「なんとかって星で発見された、なんとかっていう猛毒昆虫にちょっと似ていたような……」

「やっぱり、そう思う?」ユリの頬が、微妙にひきつった。

「たしか一咬みされたら、人間は一瞬で死んでしまうって言われていたんじゃないかしら」

「そうだっけ?」

「バイオ工場で、生物兵器として再生させるにはもってこいのサンプルよね」

「けど、そんなこと誰もやらないわ。工場に事故があったらたいへん。殺人昆虫の群れが野放しになっちゃう」

「そう、そう」ユリは強くうなずいた。

「そんなこと、絶対にありえないわ」

数条のビームがあたしたちの前後を疾った。

ぱぱぱぱっ。

ユリも、乾いた笑い声をあげた。声だけで、顔も目もまったく笑っていない。

「やだあ、なんか神経質になっちゃったわね」

あたしはうつろに笑った。

「気のせいよ、気のせい」

「！」

あたしは反射的に身構えた。四方に視線を飛ばした。

エアカーがいる。背後と左右に。

息子たちだ。左のエアカーの助手席にトムの姿がある。あたしたちを追ってきた。本当にしつこいやつ。

「あと百メートルよ」

ユリが言った。目の前に〈ラブリーエンゼル〉が見える。無傷だ。どこもやられていない。えらいぞ、エルちゃん。革命軍の攻撃を完璧に排除した。あの中に入れば、息子たちも、革命軍の残党も、謎の昆虫雲なんかもぜんぜん怖くない。

エアカーが迫ってきた。みごとなはさみ討ち。油断していた。上空の惨劇に気をとられ、ほんの数秒だけ、周囲の確認を怠っていた。その隙を衝かれた。

「くっ！」

必死の形相で、ユリが操縦レバーを操る。エンジン性能に差があるのか、トムのエアカーの速度が少しこちらを上回っている。ドライビング・テクニックだけでは振りきれない。

シートの上で、トムが立ちあがった。げ、五センチブラスターを構えている。通常は車載して使う重火器だ。それを二本の腕で支え、こっちに狙いをつけている。

あたしもバズーカ砲をだした。しかし、相手があのブラスターでは勝負にならない。射程距離も破壊力も、あちらのほうがはるかに上だ。同時に撃っても、こっちが先に吹き飛ぶ。

一難去って、また一難。これをさっきから十回以上繰り返しているような気がする。

「ムギ！」あたしは叫んだ。

「戻ってきてよお、ムギぃ！」

声を限りに絶叫した。

つぎの瞬間。

大地が割れた。

ぱっくりと裂けた。

それはもう、みごとに口をひらいた。

24

信じられない光景を、あたしは目のあたりにした。

蛇を一匹、想像してもらいたい。テラ原産の爬虫類だ。ただし、長さが一メートルくらいのかわいいやつではない。十メートルでも、まだ小さい。

直径三メートル、長さ五十メートルの大蛇である。ちょっと寸詰まりで蛇らしくない比率になるが、これはもちろん、その生物が蛇ではないからだ。外見としては、蛇よりもミミズなんかに近い。いや、ある種の魚類かな。とにかく、頭と尾の区別がほとんどつかない。体色はくすんだオレンジで、けっこう派手。口がめちゃくちゃでかい。

地面が割れて、そいつがでてきた。いきなり、がばっと飛びだし、空中に躍りあがった。

運に恵まれていなかったのは、トムと息子たちだった。ちょうど、そいつが通過する延長線上をエアカーが走っていた。

エアカーが跳ね飛ばされた。トムがシートから放りだされた。それをその化物が餌だと思った（らしい）。

一瞬だった。トムのからだが巨大な口の中に消えた。かれの仲間も数人、運命をともにした。

化物が地表に落ちる。

雷鳴に似た音が轟き、あたり一面がうねるように揺れる。

あっけない。あの〝皇帝の息子たち〟の最期というのには、あまりにも——。

「まさか、これもバイオの産物じゃないでしょうね」

ユリが言った。目が点になっている。エアカーの操縦どころではない。停止させてしまった。逃げるのを忘れ、茫然として化物を見つめている。

「なかったわ。こんなのが納まるサイズのチューブなんて」

あたしは言った。語尾が震える。膝も震える。まじにびびる。

「人工子宮からでてきたら、いきなり膨張する生物……」ユリがつぶやくようにつづけた。

「そんなのって、聞いたことある？」

あたしの顔を見た。

「知らない」あたしはかぶりを振った。

「知ってても、知らない」

「いないわ、きっと」ユリはうなずいた。

「いたら、反則だわ」

そういう問題ではないと思う。

化物が体をめぐらした。何かを探すように首（だろう。たぶん）を左右に振っている。

その動きが止まった。あたしたちの存在に気がついた。まっすぐに、あたしとユリを凝視した。

「ユリ、エアカー」あたしは言った。

「走らせないと、食われちゃうわよ」

「もうだめ」ユリは硬直していた。

「何をしても、間に合わない」

化物がゆっくりと首を伸ばした。ゆっくりといっても、このウルトラスーパーキングサイズである。あっという間にばかでかい口があたしたちの眼前に迫ってきた。

あごをひらいた。丸い口。トンネルの入口なんかよりも、もうひとまわり大きい。

「やめろーっ」

あたしは大声を張りあげた。バズーカ砲を突きだし、トリガーボタンに指をかけた。

「がおん!」

雄叫びが響いた。

空気をびりびりと震わせる猛獣の咆哮だ。

黒い影が視界をよぎった。左から忽然とあらわれ、化物に突進した。

ごおと風がうなった。腐臭が鼻をついた。臭い。吐き気がする。すごく不快な風だ。化物が吐いた息である。丸い口から勢いよく噴きだした。

ムギがきた。

横から、化物に襲いかかった。世間の常識からいえば、ムギだって十分な化物だが、やはりこの蛇もどきとは格が違う。なによりも、かっこいい。

激突した。

不意打ちをくらって、化物は体勢を崩す。ムギのパワーはすごい。あの化物の巨体が揺らいだ。体当たりしただけで。

「ぐおおおお！」

ムギが吼える。吼えて、地上に立つ。

触手が伸びた。両肩に生えている二本の触手だ。それが鞭のようにうねり、大きな弧を描いて宙を舞った。

絡みつく。触手が化物の首に。ぐるぐると巻きつき、そのまま化物を容赦なく絞めあげる。

とんでもない力だ、ムギってば、桁違い。最強！

化物は恐怖にかられた。相手が悪い。そう察した。

大地の割れ目に身を投じた。逃げだす気だ。しっぽのほうから、もぐりはじめる。瞬時に地中へと沈んでいく。

触手が外れた。ムギが力をゆるめたのだろう。化物の首から離れ、触手はもとの長さに戻った。逃げるのなら、逃がす。殺す必要はない。ムギは、そのように判断した。

「ユリ、発進！」

あたしは怒鳴った。耳もとで一喝した。ユリが我に返った。

エアカーが動きだす。〈ラブリーエンゼル〉に向かって、まっしぐらに走る。

数秒で、〈ラブリーエンゼル〉の真正面に到達した。エアカーが停まった。

飛び降りて、あたしとユリは船体下部にもぐりこんだ。擬似人格操船システムのエルちゃんが、あたしたちを確認し、ハッチをあけた。リフトボードが降りてくる。それに乗った。

「みぎゃお」

あたしとユリのあいだに、黒い生物が割りこんできた。ムギだ。まるで自分も乗船するのが当然のように振舞う。

「未登録生命体がいます」

エルちゃんが言った。

「いいの。こいつも連れていく」

あたしは応えた。

船内に入った。コクピットに行き、あたしとユリは、それぞれのシートに着いた。ムギは床にのたのたと寝そべった。

スクリーンに映像を呼んだ。緑の牧場は、阿鼻叫喚の地獄と化していた。施設は破壊され、炎が燃えさかり、大地はずたずたに切り裂かれている。息子たちも革命軍も、全滅状態だ。生存者の姿がどこにも見当たらない。

〈ラブリーエンゼル〉が記録していたデータを、ユリがチェックした。スクリーンの一角に、先ほどの蛇もどきが映っている画面があらわれた。トムたちを丸呑みにした直後のおぞましい映像である。

「惑星メルシュのゴルゴンと推測されます」

エルちゃんが名前を教えてくれた。

「どういう生物なの？」

ユリが訊いた。

「生態の詳細は非公開です。保存指定の有害生物で、情報制限ランクはAプラス。さなぎの状態で成長し、その殻からでてきたときに、急激に細胞増殖するとだけ記されています。記録されている最大個体のサイズは、体長百二十メートル。この個体はまだ幼生体と思われます」

「子供なのね、これで」

ユリはため息をついた。

「で、当然、こいつも逃げちゃったんだ。アムニールのどっかに」

あたしがつけ加えた。

ショックを感じた。〈ラブリーエンゼル〉が揺れた。突きあげるような一撃だった。

「今度はなんなの？」

ユリがシートから腰を浮かせた。

「何かの爆発です」エルちゃんが答えた。

「人工衛星の映像をインターセプトします」

スクリーンに新しい画面がひらいた。衛星軌道上から見たアムニールの全景が映った。映像がズーミングされる。

「グイシオンの山麓です」

画面中央に三角マークが入った。そこに白い高峰が存在する。白いのは陽光を反射している積雪である。

三角マークが移動した。その南側の谷を示した。谷の底に灰色の霧のようなものがたなびいている。

「地熱発電所が爆発しています」エルちゃんが言った。

「原因は不明。事故発生は四十三秒前」

また、衝撃がきた。さっきよりも強い。〈ラブリーエンゼル〉が小刻みに上下する。

「噴火を確認」エルちゃんがつづけた。

「グイシオンのマグマ流が活性化されています。原因は不明」

画面が変わった。〈ラブリーエンゼル〉のカメラが捉えたグイシオンの映像になった。

山頂から噴煙がでている。蒼空を背景に、赤い熔岩が華々しく散っている。

「ここも危険です」

エルちゃんが淡々と言った。スクリーンに、緊急事態を示す赤いアイコンがぞろぞろとあらわれた。

「グイシオンだけでなく、火山帯そのものが活性化されています。近辺の休火山、死火山がすべて噴火するのは時間の問題と予測されます」

わかった。

あたしはうなずいた。

これは、まじにやばい。このあたり一帯の山々も、そのほとんどが休火山だ。何がどうなっているのかは不明だけど、ここにいたら、絶対にあぶないことだけはたしかだ。

「どうしよう?」

ユリがあたしの顔を見た。すがるようなまなざしだ。

「どうしようって言ったって……」あたしは画面の半分以上が真紅に染まってしまったスクリーンをぼんやりと眺めている。

「どうしようもないじゃない。あたしたちじゃ、噴火も逃げる生物も止められないわ」

「このままここにいたら、WWWAから預かっているたいせつな宇宙船が傷ついちゃう」

「そうね」

あたしはうなずいた。

「何もできなくても、WWWAの財産だけは守らなくちゃいけないわ」

ユリが言う。それは正論だ。間違っていない。

「衛星軌道に〈ラブリーエンゼル〉を待避させるのがいちばんかしら」

あたしは言った。

「ええ」ユリの瞳が強く輝いた。

「それしかない」

「ふみみみぎゃあ」

ムギが啼いた。あくびをしている。のんきなやつだ。

断腸の思いで（ホントだよ）、あたしたちは〈ラブリーエンゼル〉を発進させた。

離陸と同時に、草原が吹き飛んだ。

予想は的中した。割れ目噴火だ。活性化したマグマが、いっせいに噴出した。すさまじい熱と炎が、眼下を完全に埋めつくす。

間一髪だった。ついいましがたまで緑豊かな牧場だった高原が、ごうごうと燃えさかっている。

〈ラブリーエンゼル〉は大気圏を離脱し、一気に衛星軌道をめざした。

エピローグ

「生命体を発見」

エルちゃんの声が流れた。

まだ〈ラブリーエンゼル〉は加速している。衛星軌道までは、あと少しだ。

「生命体はグイシオンの火口にいます」エルちゃんは、意外なことを言った。

「惑星オシアン原産のイワサラマンダーと特徴が合致します。マグマ層に生息し、その活動を促進させることで知られているシリコン生命体です。保存指定有害生物。情報制限ランクはAダッシュです」

「うーん」

あたしはうなった。

「うーん」

ユリもうなった。

猛毒昆虫に巨大ミミズのゴルゴン、そして、イワサラマンダー。

どうやら相当数の再生生物（それも、とくに物騒な連中）がバイオ工場の爆発炎上から逃れ、外部にでてしまったらしい。

「センシング停止」あたしは言った。

「地上の交信を傍受してちょーだい。電波と回線全部。なんでもいいから、情報を集めるの」

早口で、エルちゃんに指示をだした。操縦レバーは、ユリが握っている。お気楽能天気女がキャッチフレーズのユリだが、いまはさすがに表情が硬い。

衛星軌道に達した。〈ラブリーエンゼル〉は、そのまま軌道にのった。アムニールの周回に入る。

あたしは緊急報告書をまとめた。

そのあいだにも、エルちゃんがつぎつぎとモニターした情報をスクリーンに映しだす。背すじが寒くなるような内容ばかりだ。

噴火が拡大している。まるで連鎖反応のように、火山活動が広がっていく。資料を調べてみたら、「イワサラマンダーは驚異的な繁殖力を持つ」なんて記述があった。あわてて画面を変えた。こんなデータ、あたしは見たくない。

都市潰滅事件も、報告されていた。これは噴火によるものではない。ある町では、十二万人ほどの住人のほとんどが一瞬にして消え失せたという。そこかしこに巨大クレーターが口をあけていて、ビルも道路もずたずたになっていたと報道されている。

なんだろう？

あたしには思いあたる原因がない。絶対にない。どこにもない。

人も家畜も、とにかく、生きとし生けるものが全滅しているというレポートもあった。黒い雲のようなものが都市全体を覆い、その雲が晴れたあとには、ただもう累々と屍体が転がっているだけだったという目撃者の談話が添付されていた。やはり、これもよくわからない。まるでオカルト映画だ。こんなことが現実に起きるはずがない。起きてはいけない。起きちゃだめ！

とにもかくにも、データをまとめ、それを緊急報告書として、あたしはＷＷＷＡの本部に送った。当然だけど、連合宇宙軍にも出動を要請した。革命評議会は窮地に追いこまれ、アムニールの人びとはパニック状態に陥っている。いま、この非常事態に対処できる政府がアムニールにはない。指導者もいない。はっきり言って、なんにもない。あるのは、未曾有の大混乱だけだ。すべての人びとが、何ひとつ理解できないまま、ただひたすらに右往左往している。恐怖におののき、おろおろと逃げまどっている。

ＷＷＷＡの本部から命令が届いた。報告書に対するあらたな指示だ。

調査隊が到着するまで、そこで待機せよ。おまえたちは何もするな。

伝えてきたのは、ソラナカ部長だった。スクリーンに、部長の顔が映った。心なしか、顔色が悪い。命令を宣する声も、ひどくかすれている。だめよ。仕事ばかりしていちゃ。健康第一なんだからぁ。

「いいか。絶対に何もするんじゃないぞ！」

部長は最後に一声怒鳴り、通信を切った。

はいはい。おっしゃるとおりにします。あたしたちは部長の言いなりです。逆らったりしません。

あたしたちは待機モードに入った。

シートをリクライニングさせ、背すじを伸ばした。緊張をほぐす。全身を弛緩させる。

連合宇宙軍の大艦隊から、アムニールに向かっているという連絡があった。これなら、本部の調査隊よりも宇宙軍のほうが早く到着するだろう。かれらがくれば、この騒動も一段落するはずだ。——たぶん。

「うみぎゃあ」

ムギがからだを起こした。立ちあがり、あたしの横にきた。あたしとユリのシートの真ん中だ。首を突っこんで、甘えてくる。シートに顔をこすりつけた。

「怖かったでしょ。部長のヒステリー」

ユリが体をめぐらし、ムギの背中を撫でた。あたしも手を伸ばした。指先で喉をくすぐってやる。

目を細め、ムギは喜んだ。そのしぐさは、飼い馴らされたペットそのものだ。とても、あんなに気性の荒い猛獣とは思えない。

「ねえ、ケイ」ユリが言った。

「これって、どこの所有物になるんだろう」

「さあ」

あたしは首をひねった。

「行くとこなかったら、あたしたちと一緒に暮らそうね」

ユリは囁き、両の手でムギの耳をつかんで軽くひっぱった。巻きひげ状の耳が、長く伸びた。

「ふみゃあ」

もう一度、ムギが啼いた。満足そうに、身をよじった。

独裁者の遺産。

これが、最後の生存個体となった。種族名をクァールという。先史文明が生みだした人工生命体だ。そう考えられている。テラが派遣した辺境星域探検隊が、とある惑星で生き残っていた一頭を捕獲し、サンプルを持ち帰って遺伝子情報を解析した。その情報が盗まれたのだ。情報はアムニールの秘密研究所に運びこまれ、アリエフの命令によって生体復元がなされた。コードネームはMU－G16。銀河系最強の〝絶対生物〟と極秘資料には記されている。知能が高く、気が荒い。狂暴無比の猛獣だ。通常の飼育で人に馴れることはない。


とりあえず。

この事件の結果だけ、教えておこう。

アムニールは放棄された。人類の居住に適さなくなったと判定され、住民は他の惑星へと集団疎開していった。銀河連合は再テラフォーミングをおこない、アムニールを復活させると発表したが、それを信じる者は皆無だ。誰もが、その方針は単なる建前でしかないことを知っている。

そして。

ムギはあたしたちのパートナーになった。

理由？

そんなの、言うまでもない。

ムギは生まれ落ちたときから、あたしたちのものだったのだ。

作中において、クァールに関しましては、A・E・ヴァン・ヴォクト作『宇宙船ビーグル号』を参考にいたしました。

——作者——

あとがき

「独裁者の遺産」文庫版です。いつもは文庫化されるときに新しいあとがきを書くことにしているのですが、これはもう一度、単行本のあとがきを、ほぼそのまま掲載することにしました。この作品が、ちょっと変わったいきさつで執筆されたからです。そのいきさつを述べておかなくてはなりません。

一度は冷凍睡眠という形で封印してしまったオリジナルのユリとケイですが、意外なきっかけで復活することになりました。

インターネットの台頭です。

マイクロソフトから打診があったのが、そのきっかけでした。マイクロソフトが運営しているマイクロソフトネットワーク（ＭＳＮ）のコンテンツで、ダーティペアの新作を連載できないだろうか？　そういう問い合わせが、わたしのもとに届きました。

できないことはない、と思いました。メディアが異なるわけですから、これまでのつづきではなく、時間を逆行させて、彼女たちがルーキーだったころのエピソードを描くことが可能です。いわゆる外伝というやつです。

問題は、イラストでした。オリジナルのシリーズですから、イラストは安彦良和さんでなくてはなりません。安彦さんに参加していただき、なおかつ、そのイラストをインターネット上でよりビジュアルに表現できるのか。それが重要なポイントになります。

幸いにも、安彦さんにはイラスト作画を快諾していただくことができました。コンテンツのプログラムも、動画を利用したCGシステムの体制が構築されました。これが、かなりすごいシステムです。動画あり、音楽ありの画期的な小説連載になりました。

話がまとまるのと同時に、わたしは執筆を開始しました。CG制作があるので、小説は通常よりも、ずうっと早く先行していなくてはなりません。

コンテンツは、一九九七年の四月一日にMSNの会員に向けて公開されました。その時点で、「独裁者の遺産」はほとんど完成していました。たしか最後の入稿が、公開の二日後くらいではなかったかと記憶しています。半年とちょっとの連載で、最終回が掲載されたのは十月の末か十一月の頭あたりでした。その後、インターネットエクスプローラが4・0にバージョンアップされた際に、このコンテンツは一般公開されました。噂でしか知りませんが、コンテンツとしては、人気があったほうだと聞いています。

しかし、コンテンツ事業そのものは、あまりかんばしくない結果に終わりました。とくにアメリカではひどかったようです。アメリカのMSNは、あまりにもコンテンツ・メニューがふるわないため、あっという間に撤退してしまったという記事をインターネット関連の雑誌の記事で読みました。華やかな面が強調されているインターネットですが、なかなか予想どおりには動いてくれないようです。むずかしいですねえ、商売って。

実は「独裁者の遺産」には、英語版コンテンツの予定も存在していました。翻訳も、同時進行でおこなわれていたのです。が、残念なことに、アメリカの事業撤退の余波を受け、幻のコンテンツとなってしまいました。これは、本当に心残りです。ダーティペアのファンはアメリカにもたくさんいます。かれらにも、この画期的なコンテンツをぜひ見ていただきたかったと、いまでも思っています。コンテンツの「独裁者の遺産」は、小説をインターネットに載せただけというものとは根本的に違っています。これは、革新的な、一種の動画絵巻物でした。ひとつのメディアとして、MSNのコンテンツは完全に新しい道を拓いていたともいえます。これを見たとき、わたしは小説にも、まだまだ新しい表現方法がありうると確信しました。

で、今回の出版です。

できれば、あのコンテンツそのままをCD－ROM化して発表したかったのですが、そうはうまくいきません。コストや技術的な問題など、さまざまな障害がありました。そこで、とりあえず文章だけでも本にして、さらに多くの人にこの作品を読んでいただこうということになったのです。小説版ということで、少しだけ手を加えました。コンテンツでご覧になった方も、もう一度、その部分でにやりと微笑んでみてください。

最後になりましたが、今回、貴重な機会を与えてくださったマイクロソフトの米野慎一さん、神川亜矢さん、博報堂の藤浦圭一郎さん、CG&プログラミングを担当されたレイのみなさん、そして、いつものことですが、すばらしいイラストを描いてくださった安彦良和さんに心から感謝の言葉を贈ります。ありがとうございました。

高千穂　遙

追伸

……ということをつらつら書いてから、二年半ほどが過ぎました。インターネット、またまた変貌していますね。音楽配信や映像配信が盛んにおこなわれるようになり、小説や漫画の電子出版も多くなってきました。今後も、さらに変わっていくことでしょう。もしかしたら、そういう変化に合わせて、再び新しいダーティペアが出現してくる可能性がでてくるかもしれません。それがどういう形になるのかは予想もつきませんが、そういうことがあったら、ぜひもう一度お付き合いいただきたいと思っています。

ＭＳＮ版の「ダーティペア 独裁者の遺産」コンテンツですが、http://www.franken.ne.jp/franken/dirtypair/ に移されて、再公開されています（無料）。インターネットエクスプローラ４・０以降のブラウザで見ることが可能です。よろしければ、アクセスしてみてください。

本書は、一九九八年八月に早川書房より単行本として
刊行された作品を文庫化したものです。

ダーティペア・シリーズ／高千穂遙

ダーティペアの大冒険

銀河系最強の美少女二人が巻き起こす大活躍大騒動を描いたビジュアル系スペースオペラ

ダーティペアの大逆転

鉱業惑星での事件調査のために派遣されたダーティペアがたどりついた意外な真相とは？

ダーティペアの大乱戦

惑星ドルロイで起こった高級セクソロイド殺しの犯人に迫るダーティペアが見たものは？

ダーティペアの大脱走

銀河随一のお嬢様学校で奇病発生！　ユリとケイは原因究明のために学園に潜入する。

ダーティペア　独裁者の遺産

あの、ユリとケイが帰ってきた！　ムギ誕生の秘密にせまる、ルーキー時代のエピソード

ダーティペア・シリーズ／高千穂遙

ダーティペアの大復活

ユリとケイが冷凍睡眠から目覚めたら大変なことが。宇宙の危機を救え、ダーティペア！

ダーティペアの大征服

ヒロイックファンタジーの世界を実現させたテーマパークに、ユリとケイが潜入捜査だ！

ダーティペアの大帝国

ヒロイックファンタジーの世界に潜入したはずのユリとケイは、一国の王となっていた⁉

以下続刊

クラッシャージョウ・シリーズ／高千穂遙

連帯惑星ピザンの危機

連帯惑星で起こった反乱に隠された真相をあばくためにジョウのチームが立ち上がった！

撃滅！　宇宙海賊の罠

稀少動物の護送という依頼に、ジョウたちは海賊の襲撃を想定した陽動作戦を展開する。

銀河系最後の秘宝

巨万の富を築いた銀河系最大の富豪の秘密をめぐって「最後の秘宝」の争奪がはじまる！

暗黒邪神教の洞窟

ある少年の捜索を依頼されたジョウは、謎の組織、暗黒邪神教の本部に単身乗り込むが。

銀河帝国への野望

銀河連合首脳会議に出席する連合主席の護衛を依頼されたジョウにあらぬ犯罪の嫌疑が⁉

クラッシャージョウ・シリーズ／高千穂遙

人面魔獣の挑戦

暗殺結社からの警護を依頼してきた要人が殺害された。契約不履行の汚名に、ジョウは？

美しき魔王

暗黒邪神教事件以来消息を絶っていたクリスが病床のジョウに挑戦状を叩きつけてきた！

悪霊都市ククル 上下

ある宗教組織から盗まれた秘宝を追って、ジョウたちはリッキーの生まれ故郷の惑星へ！

ワームウッドの幻獣

ジョウに飽くなき対抗心を燃やす、クラッシャーダーナが率いる〝地獄の三姉妹〟登場！

ダイロンの聖少女

圧政に抵抗する都市を守護する聖少女の護衛についたジョウたちに、皇帝の刺客が迫る！

ハヤカワ文庫

クラッシャージョウ・シリーズ／高千穂遙

水の迷宮

水の惑星で探査に加わっていたジョウと接触したのは、水中行動に特化した傭兵だった！

美神の狂宴

美術品輸送船を護衛する任務についていたジョウ一行は、不可解なテロに巻き込まれた！

ガブリエルの猟犬

進化した兵器「猟犬」が近づくものをすべて破壊する危険度マックスの惑星に潜入せよ！

虹色の地獄

安彦良和監督による劇場映画版『クラッシャージョウ』を、原作者が完全ノベライズ！

ドルロイの嵐

クラッシャーとダーティペアが遭遇した！果たして宇宙の平和は守られるのだろうか？

小川一水作品

第六大陸1

二〇二五年、御鳥羽総建が受注したのは、工期十年、予算千五百億での月基地建設だった

第六大陸2

国際条約の障壁、衛星軌道上の大事故により危機に瀕した計画の命運は……。二部作完結

復活の地Ⅰ

惑星帝国レンカを襲った巨大災害。絶望の中帝都復興を目指す青年官僚と王女だったが……

復活の地Ⅱ

復興院総裁セイオと摂政スミルの前に、植民地の叛乱と列強諸国の干渉がたちふさがる。

復活の地Ⅲ

迫りくる二次災害と国家転覆の大難に、セイオとスミルが下した決断とは？　全三巻完結

星界の紋章／森岡浩之

星界の紋章Ⅰ—帝国の王女—

銀河を支配する種族アーヴの侵略がジントの運命を変えた。新世代スペースオペラ開幕！

星界の紋章Ⅱ—ささやかな戦い—

ジントはアーヴ帝国の王女ラフィールと出会う。それは少年と王女の冒険の始まりだった

星界の紋章Ⅲ—異郷への帰還—

不時着した惑星から王女を連れて脱出を図るジント。痛快スペースオペラ、堂々の完結！

星界の断章Ⅰ

ラフィール誕生にまつわる秘話、スポール幼少時の伝説など、星界の逸話12篇を収録。

星界の断章Ⅱ

本篇では語られざるアーヴの歴史の暗部に迫る、書き下ろし「墨守」を含む全12篇収録。

ハヤカワ文庫

星界の戦旗／森岡浩之

星界の戦旗Ｉ―絆のかたち―

アーヴ帝国と〈人類統合体〉の激突は、宇宙規模の戦闘へ！『星界の紋章』の続篇開幕。

星界の戦旗Ⅱ―守るべきもの―

人類統合体を制圧せよ！ラフィールはジントともに、惑星ロブナスⅡに向かったが。

星界の戦旗Ⅲ―家族の食卓―

王女ラフィールと共に、生まれ故郷の惑星マーティンへ向かったジントの驚くべき冒険！

星界の戦旗Ⅳ―軋《きし》む時空―

軍へ復帰したラフィールとジント。ふたりが乗り組む襲撃艦が目指す、次なる戦場とは？

星界の戦旗Ｖ―宿命の調べ―

戦闘は激化の一途をたどり、ラフィールたちに、過酷な運命を突きつける。第一部完結！

ハヤカワ文庫

神林長平作品

あなたの魂に安らぎあれ

火星を支配するアンドロイド社会で囁かれる終末予言とは!? 記念すべきデビュー長篇。

帝王の殻

携帯型人工脳の集中管理により火星の帝王が誕生する――『あなたの魂～』に続く第二作

膚《はだえ》の下 上下

無垢なる創造主の魂の遍歴。『あなたの魂に安らぎあれ』『帝王の殻』に続く三部作完結

戦闘妖精・雪風〈改〉

未知の異星体に対峙する電子偵察機〈雪風〉と、深井零の孤独な戦い――シリーズ第一作

グッドラック 戦闘妖精・雪風

生還を果たした深井零と新型機〈雪風〉は、さらに苛酷な戦闘領域へ――シリーズ第二作

神林長平作品

敵は海賊・A級の敵
宇宙キャラバン消滅事件を追うラテルチームの前に、野生化したコンピュータが現われる

敵は海賊・正義の眼
純粋観念としての正義により海賊を抹殺する男が、海賊課の存在意義を揺るがせていく。

敵は海賊・短篇版
海賊版でない本家「敵は海賊」から、雪風との競演「被書空間」まで、4篇収録の短篇集。

永久帰還装置
火星で目覚めた永久追跡刑事は、世界の破壊と創造をくり返す犯罪者を追っていたが……

ライトジーンの遺産
巨大人工臓器メーカーが残した人造人間、菊月虹が臓器犯罪に挑む、ハードボイルドＳＦ

神林長平作品

狐と踊れ〔新版〕

未来社会の奇妙な人間模様を描いたＳＦコンテスト入選作ほか九篇を収録する第一作品集

言葉使い師

言語活動が禁止された無言世界を描く表題作ほか、神林ＳＦの原点ともいえる六篇を収録

七胴落とし

大人になることはテレパシーの喪失を意味した――子供たちの焦燥と不安を描く青春ＳＦ

プリズム

社会のすべてを管理する浮遊都市制御体に認識されない少年が一人だけいた。連作短篇集

完璧な涙

感情のない少年と非情なる殺戮機械との時空を超えた戦い。その果てに待ち受けるのは？

著者略歴　1951年生，法政大学社会学部卒，作家　著書『ダーティペアの大冒険』『ダーティペアの大復活』『ダーティペアの大帝国』（以上早川書房刊）他多数

HM=Hayakawa Mystery
SF=Science Fiction
JA=Japanese Author
NV=Novel
NF=Nonfiction
FT=Fantasy

ダーティペア・シリーズ外伝

ダーティペア　独裁者《どくさいしゃ》の遺産《いさん》

〈JA655〉

二〇〇一年一月三十一日　発行
二〇一七年八月二十五日　六刷

（定価はカバーに表示してあります）

著者　高《たか》千《ち》穂《ほ》遙《はるか》

発行者　早川浩

印刷者　矢部真太郎

発行所　株式会社　早川書房

郵便番号　一〇一 - 〇〇四六
東京都千代田区神田多町二ノ二
電話　〇三-三二五二-三一一一（大代表）
振替　〇〇一六〇-三-四七七九九
http://www.hayakawa-online.co.jp

乱丁・落丁本は小社制作部宛お送り下さい。
送料小社負担にてお取りかえいたします。

印刷・三松堂株式会社　製本・株式会社明光社

ISBN978-4-15-030655-7 C0193